U0041126

賈永婕的 *10* 個
婚紗愛情故事

賈永婕——著

| 推薦序 |

　　常常覺得，當兩個相愛的人選擇交換誓言成為彼此互相扶持的另一半，白色的婚紗確實存在一種神秘的魔力，在紅毯上神奇的「Yes, I do!」那一刻，會讓所有的人瞬間感染幸福。每段愛情，就跟每套白紗一樣，有它獨一無二的幸福味道。

　　還記得那一年姊姊結婚的時候，永婕和她的裁縫師們，在圓形的更衣室裡，嗡嗡嗡地繞著要當新娘子的姊姊，細心地和她討論各種細節，不斷不斷修改，一直到最後在鏡子裡面，我們看到換上一身美麗婚紗的新娘子，嘴角綻放了一個甜蜜的笑容。那時候就覺得，能認真為別人這個幸福的微笑而努力的人，很了不起！

　　永婕就是一個這樣努力溫暖人心的幸福推手！很高興她分享了她看到的這些美麗白紗背後的愛情，讓我們在這些有酸有甜有笑有淚的故事中，深刻感受到愛的溫度！

蔡依林

賈姊姊又要出書了！

我感到驚訝！這位三鐵媽咪、婚紗店老闆、廣告紅人，竟然還有時間寫書？

感到懷疑……

後來她把書的簡介寄來了、幾篇稿子寄來了，我才相信是真的！

而且寫的是浪漫的愛情小說。

這也太有氣質了吧！哈哈……

我記得認識她，是因為我是C.H WEDDING的美麗新娘，這家店的婚紗，有很神奇的魔力！

只要穿上她家的禮服，就會覺得特別幸福，覺得自己是美到像仙女一般的新娘。

一個女人，真的認真起來，真的不得了！這人就是永婕。

她在我心中就是和認真畫上等號。

認真工作、認真生活、認真照顧孩子、認真玩樂、認真對待朋友、認真學習廚藝、認真三鐵、認真滑雪，真的一點都不怠慢。

二十四小時一天，對她來說事情安排得充實的綽綽有餘，從來沒聽她說時間不夠用！我想她是聰明的，有智慧的真正強人！

我很喜歡永婕！

她在我的心目中是完美嬌妻、是熱情體貼的好姐妹。小說寫得動人、故事說得精采，是出自於她有顆敏感與感性的內心。

認真的女人，我的好姐妹，值得驕傲！

祝福新書一定大賣！

愛妳～～

梁靜茹

寫在C.H Wedding十年之前

巨蟹座的我，很小的時候就嚮往婚姻生活！跟自己心愛的人生活在一起，組成一個家是我的終極目標！小時候填寫志願，每個人都會寫：我想成為老師，我想成為醫生，我想成為歌手，我想成為大老闆……但我寫的卻是：我要幸福快樂過一生！幸福快樂的定義是什麼？我認為就是兩個人在一起，很開心、很自在！並且在你們身邊的人也很快樂！

因此我很喜歡參加婚禮。

小時候喜歡跟著爸爸媽媽到處去喝喜酒，小女生所有的心思都放在新娘子身上。喜歡去看美麗的新娘，看她穿著拖有長長白紗的禮服！

喜歡看新娘走進典禮現場的那一刻，說也奇怪，年紀很小的時候，看到新娘進場我就會哭！那個時候覺得自己真是糗斃了，又不是真的跟新娘很熟，可是眼淚就是會不聽話的一直掉下來！因為……心裡被那種幸福感，深深地打動，因為……看到新娘父親眼裡流露出來的萬般不捨，有時候哭得太起勁，還會哭到自己都覺得不好意思。為什麼這麼容易被結婚氣氛所感動？其實我也說不上來！

當我要創業做婚紗的時候，所有人都覺得訝異，只有我心裡知道：這是我的夢想事業，我一定要好好經營！

那一年三十歲的我，肚子正懷著老二小羽，每天忙碌地奔波在各個廠商和工廠之間。到處約人面試，也到處被人打槍……但是，看著自己的夢想漸漸成型，那種喜悅和興奮的心情，足以克服一切困難。

演藝圈的某大經紀人說：「妳就漂漂亮亮的當個藝人就好，幹嘛那麼辛苦！而且藝人開店幾乎都賠……」

時尚圈的某有力人士開口就：「嘖！嘖！嘖……（不誇張，至少嘖了我十聲），妳有去算命嗎？有請老師看風水嗎？」

我：「都沒有……」

他：「嘖嘖嘖……你那個店面開什麼、倒什麼……」

來應徵的員工說：「妳太天真了！這一行很難做，妳完全沒有經驗，還想做品牌？！」

老公的朋友斷言：「空中樓閣嘛！妳們的企劃根本就是空中樓閣，妳們憑什麼要做最貴的……」

老公也直催：「SOP呢？公司的SOP在哪裡？」

那時最痛恨的就是：老公一天到晚要我寫報告……。

後來回想才發現，原來那時費最大勁的，不是找廠商、找人馬，而是要在排山倒海的冷嘲熱諷中，讓自己努力地保持最原始的初衷，堅持下去。初衷，就是那個潛藏在小女生心裡，喜歡看新娘子穿美美的婚紗，最單純、最浪漫的夢想，支持我熬過這一切！

一轉眼十年了！C.H Wedding今年邁入十周年！這一刻，我內心好激動啊！

三千多個日子，服務了上萬對新人！這十年的日子充滿無數的挑戰，十年，人來人往，充滿愛與笑聲，當然也有許多複雜的情緒。有不捨的眼淚，也有傷心的難過的委屈的淚水！有愛就有恨，有相聚就有分離！這許許多多的愛情故事每天在我身邊發生！不是每個愛情故事都像童話故事，這麼簡單……王

子與公主從此過著幸福快樂的日子！現實生活，有些看似美好卻不完美，有些看似波折卻是無懈可擊的組合！走進婚姻需要勇氣、緣分、包容、無我以及一顆堅定的心！堅持再堅持，然後再再再堅持……一如我對婚姻、對婚紗的初衷！

看著、聽著這些故事，有些我知道的是全部；有些我知道的只是片段！但就算只是片段，還是常讓我感動不已！一句話、一個情境都會勾起心裡的悸動，久久難釋懷！我在旁邊靜靜看著，像是觀眾也像過客，細細品味這些愛情篇章。

於是，在開店兩年後的某一天，我打開電腦，一個字一個字地把這些埋藏在心中的感動記錄下來！

有些故事太美，有些故事太淒美，有些故事太勇敢，有些故事太奮不顧身，有些故事太容易放棄，有些故事完全不在乎世俗眼光，有些故事的後續發展，令我完全意想不到，而有些故事依然還在上演。

謝謝老天讓我擁有一個機會，看見這麼多美好的、關於愛的故事！

目錄

1

再見，總有一天

　　拿下墨鏡，清秀的臉龐盡是疲憊。迅速看完禮服款式，她就急著要付訂金。如此快到不尋常的舉動，讓接待Linda嚇了一跳。而且她提出了唯一的要求就是：「一切請盡快，要愈快愈好！」

　　看她如此的決絕堅持，Linda忍不住好奇的問：「請問，妳的婚期是不是很趕？」

　　她堅定的回說：「我們還沒有定好時間，但我馬上就要拍照。」按捺不住該死的好奇心，Linda繼續問：「為什麼呢？」

　　「因為我怕再等下去，就來不及了！」她不迴避的說。

　　但聽到這樣的回答，Linda反而語塞了。也許是看到Linda尷尬的神情，她深呼吸一口氣，然後接著說：「好吧，我告訴妳，因為他得了癌症，一發現就已經是末期了。」

　　得知他得癌症，所剩日子不多，身邊所有的人都勸她，不要犯傻，先把婚事擱一邊。「除了我的家人、朋友反對，就連他的家人都怕連累我，而要我打消結婚的念頭，他本人更是激烈的反對，但我就是決定要嫁給他。」

付了訂金，但女子卻沒有再出現。直到預定拍攝的前兩天，Linda為了確認打了很多通電話才找到她。「抱歉，他病情突然惡化住進了醫院，拍照的事要緩一緩。」Linda電話那頭正在想怎麼安慰她，女子接著語氣哽咽的問：「你們有可能來醫院幫我們拍照？假如有亮不能很快出院……」

　　「黃小姐，妳先別傷心，我幫妳跟公司協調看看可能性，我會盡力幫妳，不要擔心。」Linda掛了電話眼眶紅紅地跟我說了這件事情。

　　後來的幾天，Linda幾乎天天和她以即時訊息聯絡，對於兩人之間的愛情也有更多的了解。坦白說，剛開始婚紗店的客人會直接坦率地說出自己的故事，我總是有些驚訝，畢竟我們與客人之間的接觸不能算是很長的時間，所以我會驚訝於他們怎麼能如此開誠布公的對待我們，後來漸漸體會出他們的心情，畢竟當他們願意將自己一生中最重要的事情交到我們手裡時，對我們自然也會有一種莫名的信賴感，我也開始習慣於傾聽他們的愛情故事，並且為他們對我們的信任而感動。

　　故事回到小璇和她所深愛的有亮身上。

　　兩人是典型的青梅竹馬，從幼稚園、小學、國中都同班，一直到高中，分別考上台南一中、台南女中才上不同的學校，並且約定要考上同一所大學。

　　小璇說，小時候他家住巷口，她家住巷子底，有亮家是開雜貨店的，她的爸媽則是上班的公務員，幼稚園下課，爸媽如果來不及接她，她就留在有亮家玩。兩人從幼稚園開始同班，有亮就像她的哥哥一樣。上小學，兩人也同班，她常喜歡黏著他「有亮」長、「有亮」短的叫。

　　「有亮，借我一枝鉛筆……」

　　「有亮，你幫我順便拿便當……」

　　「有亮，這題我不會，你教我……」，他常被同學笑和她是連體嬰。

　　「ㄟ，黃小璇你可不可以跟我保持兩百公尺的距離……」

　　「黃小璇，你可不可以不要再大聲叫我的名字……」

「我會被笑到死，都是你害的⋯⋯黃、小、璇⋯⋯」

雖然當時有亮很討厭她黏答答，但小璇的世界裡有亮都在，看到他，就會覺得很安心。

上了國中，兩人還是同班。開學那一天，小璇在校門口老遠就開心地大聲喊：「林、有、亮」，但有亮不搭理她，頭低低的酷著一張臉經過她身邊。第一堂下課，有亮走到她身旁丟了一張字條給她，上面寫：「黃小璇妳可以假裝不認識我嗎？這樣我很困擾，我不想要被同學笑。」收到字條，小璇像被一大盆冷水從頭上澆下來，心想：「不認識，就不認識，有什麼了不起？」

剛開始，小璇只是賭氣，就算有亮經過或是兩人四目相交，小璇就當他是空氣，但私下卻又忍不住偷偷看有亮在做些什麼？

那一天放學，小璇偷偷跟在有亮後面，到公車站牌，就看到有亮跟隔壁班的陳宥臻有說有笑，女孩的第一直覺告訴小璇：有亮喜歡那個女生。小璇又氣又想哭。又下課偷偷跟著有

亮到公車站幾次，小璇一廂情願斷定：有亮喜歡她。

之後小璇，打定主意，不理有亮。在班上，小璇刻意避開有亮；甚至分組討論原本被分到同組，小璇不曉得用什麼理由，跑去跟老師說她要轉組；有亮的媽媽，叫有亮傳話告訴小璇，幫她織了件毛衣，叫她下課來家裡試穿，小璇也假裝沒聽見。其他同班的小學同學，好奇問有亮說：「你跟黃小璇吵架了？你們倆以前是連體嬰，現在王不見王，超奇怪的。」

一向習慣了小璇總是圍著自己轉圈圈，突然之間小璇不在身邊轉了，有亮的確也覺得好像少了什麼，當然，有亮知道是因為自己寫的那張「紙條」，只是沒想到小璇還真的不理他。所以，有亮有意沒意的會故意晃到小璇旁邊，看看小璇的反應，當知道分組兩人同組，心裡還有點高興。媽媽叫有亮傳話，有亮心裡也暗自竊喜：「Yes，找到正當理由跟黃小璇說話。」。只是小璇不理他就是不理他，把他完全當空氣。

終於按捺不住，那天下課，有亮偷偷走到小璇旁，趁同學不注意又丟了一張紙條給小璇：「黃小璇，沒想到妳這麼聽我的話，我更正上次紙條說的，妳只要不一直黏著我就好，不

用假裝不認識我、不理我。」

　　有亮以為小璇看完紙條，會聽話修正兩人的關係，沒想到小璇更故意的避開他。讓有亮懊惱到忍不住在等公車時，偷問陳宥臻：「妳們女生到底在想什麼？」但有亮越是和宥臻討論得起勁，小璇遠遠在一旁偷看到，心裡越是有氣。

　　星期天，小璇特意起個大早，去有亮家試毛衣，到有亮家時，有亮還沒起床，有亮媽媽還問她，最近怎麼上學都跟有亮各走各的？還跟小璇打探：「有亮是不是談戀愛了？回家常常發呆，還問我一堆女生的問題，怎麼想這小子都怪怪的。」小璇雖然很想跟有亮媽媽說陳宥臻的事，但終究還是忍住了。

　　陪有亮媽媽聊了天、試穿完毛衣，小璇忍不住邊偷看有亮起床了沒？接近中午，有亮才睡眼惺忪走出房間，看到小璇嚇了一跳，「黃小璇妳怎麼來無影去無蹤，什麼時候來的？」小璇還來不及接話，有亮媽媽就搶著說：「誰像你放假就只知道睡覺，看看你的樣子，快點去刷牙、洗臉，也不怕小璇笑話你？」摸摸頭、拉整一下衣服，有亮對著小璇說：「黃小璇，我正好找妳有事，妳先不要走。」有亮媽媽也幫腔說：「小璇，留在這裡吃中飯，吃完飯，妳等一下，毛衣加個長度，妳

就可以穿了。」小璇本來還想推辭，但有亮媽媽都開口了，她只好留下來吃中飯。

這頓飯，小璇吃得很安靜，跟以前在有亮家吃飯很不同，要是以前兩個人在飯桌上，是會要非爭個輸贏、同搶盤子裡的最後一塊排骨，「小璇愈來愈文靜，真的長大了，現在是漂亮的女生。」有亮媽媽說。

有亮家沒有女孩，有亮之外，只有一個弟弟，所以小璇到家裡玩，有亮媽媽都把她當女兒看，有亮兄弟有一份，她一定也有。有時候，有亮媽媽還一起幫她準備學校便當，連她自己的媽媽都吃醋說：「小璇，妳真的比較像林媽媽的女兒。」

吃完中飯、拿了毛衣，小璇準備要回家，有亮追出來，「黃小璇我們去圖書館看書，我有事要跟妳說。」

「我……我有事，不行喔！」小璇遲疑了一下。

「好啦，我再跟妳道歉一次，妳不要都不理我，妳應該沒有那麼小氣吧！」有亮說。

「我哪有不理你？是你自己說要我假裝不認識你，我很聽你話啊。」小璇不以為然說。

「吼！我哪有叫妳完全不理我？我只是希望妳在學校不要太黏著我。」有亮越說越小聲。

「我，鄭重向妳道歉，並且收回我的話，隨便妳要怎麼黏著我，這樣有誠意了吧。」有亮邊說還邊九十度鞠躬。

聽到有亮最後一句，小璇已經忍不住笑出來。

「笑了耶！黃小璇妳知道嗎？『臭臉』是妳的致命傷，這樣妳會嚇跑一堆男生，以後交不到男朋友，不要怪我沒提醒妳。女孩子，可愛的笑容是最迷人的武器。」

「那，我們等一下去圖書館，好不好？十分鐘後，巷口見。」有亮不等小璇回答，說完就往家裡衝。

「林有亮，我沒有說要原諒你啊……。」有亮回頭對小璇做了個鬼臉。

　　雖然，跟有亮恢復了友誼，但每次看到有亮和陳宥臻有說有笑，小璇還是很來氣。只要在公車站遇見，小璇不自覺會繃著一張臉，陳宥臻想跟她聊天，她也一副沒什麼好聊，乾脆閉目養神。幾次下來，有亮儘管沒發現兩個女孩之間的微妙情結，但陳宥臻忍不住主動問有亮：「你的黃小璇，應該是很討厭我吧？」有亮打圓場說：「小璇，是慢熟的人，應該是妳們不太認識的關係！」但後來，有亮刻意偷偷觀察了幾次，小璇的確是遇到陳宥臻，就不自覺散發出敵意來。

　　週末，有亮和小璇一起去圖書館，有亮找機會問：「黃小璇，妳討厭陳宥臻啊？不然怎麼人家找妳聊天，妳都懶得搭理她？」

　　「你的女朋友，自己跟她聊就好了呀，幹嘛我一定要跟她變朋友？」小璇有點生悶氣的回有亮。

　　「女朋友？她哪是我的女朋友？」有亮一頭霧水。

　　「明明就是，你看她的眼神超不一樣的，我又不會跟你媽說，不用不承認。上次我去你家，雖然你媽也懷疑你有喜歡的

女生，但放心啦！我已經幫你保守秘密，沒有告訴你媽。」小璇繼續說。

「喔，對我這麼好！我都感動到快哭了！」有亮還順便來個誇張地痛哭流涕的表情，發現小璇臉色變了，才趕緊解釋說：「她哪是我什麼女朋友，陳宥臻，是小胖喜歡的女生啦！我演出的角色是愛的信差，每天幫小胖把情書給陳宥臻，不是男主角。」

「小胖是活在古代？這也太老套了吧。網路時代，你還當信鴿？發封 mail 不就可以收到，幹嘛多此一舉。但為什麼你看她的眼神，這樣有愛？你是不是根本就也喜歡她？」小璇自顧自的說。

「妳……妳，黃小璇，妳談過戀愛是不是？ 不然妳怎麼知道什麼是『有愛的眼神』？現在，妳盯著我的眼睛看，我告訴妳這才是有愛的眼神。」有亮粗魯的捧著小璇的臉，硬要她眼神注視他的眼睛，搞得小璇滿臉通紅。

「林有亮，你發神經病啊？」小璇丟下話，幾乎是逃走的。

看小璇的舉動，有亮心裡甜甜的，心想：「她該不會是吃醋吧？」

高中以後，兩人雖然不同校，但還是天天上學，在公車站見面，兩人就像是打鬧熟悉的兄妹、也像是一對好哥兒們、好同學、好朋友。生活裡的每一天都習慣有對方的存在，但兩人從來就不是一對戀人。

高二時，小璇收到了第一封情書。那個男生的情書還是請有亮拿給小璇的，但有亮把情書放在書包，足足放了一個禮拜，沒拿給小璇。直到那個男生跑到公車站牌等她，問她是否收到寫給她的信？並希望約她週末一起去看電影，小璇這才去追問：「林有亮，你是不是私藏什麼東西沒有拿給我？」

「哪有？妳說的是吳世恆要給妳的信嗎？我……我就放在書包裡忘記了！況且，妳不是覺得寫情書很老土？我這也算是幫他，不想妳對他印象差。」他一邊說著連忙從書包掏出情書，丟給小璇，「拿去啦！」說完就像是做壞事被抓包，心虛地轉頭就跑。

後來的幾天，有亮有意無意地跟小璇打探吳世恆信裡面的內容。小璇忍不住回：「你是有那麼好奇嗎？他不過就是約我，週末去看電影。」

　　「那，妳有要去嗎？」有亮接著問。

　　「我，為什麼要告訴你？」小璇覺得有亮很盧。

　　「我像妳哥，當然要給妳點建議。我看妳不要去，沒有女孩子這麼好約的，才約第一次就去，人家會覺得妳很隨便。想看電影，我帶妳去就好了。」有亮說得很認真。

　　「哪裡隨便？他很正式邀請我，電影好看，我為什麼要不去？況且吳世恆是我喜歡的那一型。」小璇看有亮似乎吃醋的表現，其實心裡也很高興，故意逗有亮。

　　「哪一型？妳說妳喜歡哪一型？黃小璇，妳學壞了。是看太多日劇還是羅曼史嗎？我要去跟妳媽說。」

　　「ㄟㄟㄟ林有亮你住海邊嗎？管很寬你。幼稚鬼，你要跟

我媽說什麼？誰怕誰？」兩人本來只是鬥嘴，結果你一言我一語，最後演變成真的吵架。

週末，有亮魂不守舍，還自告奮勇跟媽媽說，他來顧店。坐在店裡，他眼神時不時往外飄，一直想看看小璇究竟有沒有出門去約會。

到了下午，看到小璇經過巷口，有亮連忙衝到巷口，從頭到腳打量了一番：「嘖嘖，真的有精心打扮過，今天挺漂亮的。」然後很小聲、像是自言自語地問：「一定要去嗎？」小璇故意大聲回答：「對，我現在就是要去。」然後頭也不回的走了。

從小璇出門後，有亮就像是洩了氣的皮球，跟弟弟交代了一下，乾脆關起房門睡大頭覺去，到了晚上，才又緊張兮兮坐在雜貨店櫃檯。小璇大概是晚上八點經過，不過這次是小璇偷偷瞄有亮還在不在櫃檯前等。有亮假裝沒看見小璇，但小璇心裡很樂，原來有亮是緊張她的。

隔天放學，有亮心不甘情不願的又被吳世恆拜託當信差，

他心想：「你們倆有必要這樣甜蜜蜜的情書來往嗎？都已經出去看電影了，有話不會自己聯絡？不過，吳世恆今天看起來有點沮喪。」有亮把信拿給小璇時，嘴巴還嘟嚷了幾句順便打探：「你們去看電影是看得不開心嗎？要不要講一下？講一下嘛。」有亮越是好奇，小璇越是不想跟他說。

其實，週末小璇根本沒有跟吳世恆去看電影，在約會前一天，小璇就請小芬婉拒了吳世恆，所以吳世恆就因為沒約到小璇，才會沮喪。至於，打扮漂亮的出門，當然是故意演給有亮看的，小璇根本是和小芬相約去逛街。

小芬，是小璇的姐妹淘，或說是兼「愛情軍師」更恰當。從當年陳宥臻到現在的吳世恆，根據小芬的分析，有亮根本就是喜歡小璇，只是不肯承認。而小璇更是無可救藥的，這輩子會是有亮的愛情俘虜。

有亮自從意識到小璇有人追，只要看見接近她的男生，他就變得很敏感、神經兮兮的，他的轉變，連死黨小胖都忍不住跟他說：「林有亮你最近超奇怪，開口閉口都是黃小璇，吳世恆寫情書給她，又不是世界末日？況且，吳世恆功課好、長得

比你帥，他喜歡黃小璇，多少女生羨慕她啊！」

　　小胖接著說：「以前我只是覺得你像哥哥疼妹妹，在意黃小璇，但最近觀察下來，你應該是喜歡上黃小璇了吧！」

　　「喜歡？我喜歡黃小璇？這……怎麼可能？我……」小胖拋出這個結論之前，有亮腦袋裡，根本沒有想過，他以前只會覺得哪個女生漂亮、正點，但這些從來沒有放在小璇身上過，從小到大，小璇在他身邊，就像空氣存在一樣自然。「這怎麼可能？」有亮心裡很納悶，但卻也無法否認，那天在巷口，看到的黃小璇，他第一次感覺黃小璇真的是讓人心動、漂亮的正妹。

　　接近聖誕節，小璇到有亮家裡請林媽媽教她圍巾的織法，說是要將圍巾送人當禮物，小璇拿著圍巾在有亮身上比劃，越比劃有亮心裡越不舒服：「ㄟ，我跟吳世恆差很多好不好？妳送他，關我什麼事？還有，禮物自己送，不要叫我再當什麼聖誕老人，我拒絕。」有亮越是在意吳世恆，小璇就越開心，也就故意不告訴他，已經拒絕吳世恆的事。

平安夜，台南氣溫一點都不冷，但還是因為街上的燈飾，有著濃濃過節的氣氛，那晚小璇到有亮家敲門時，有亮正在洗澡，小璇將要給有亮的禮物請有亮弟弟轉交給他。

　　有亮洗澡出來，看到房間書桌的禮物問：「誰送來？」，弟弟開玩笑說：「愛慕你的女生！」打開禮物，看到了紅色的圍巾。有亮當然知道是誰送，「她有特別說什麼？」弟弟回：「當然沒，裡面有卡片，你不會自己看？」

　　打開卡片，卡片上寫：「圍巾，怎麼看都適合你，不送吳世恆了，就給你當禮物，聖誕快樂。P.S.再告訴你一件事：那天我根本沒有跟吳世恆看電影，因為他選的電影，我不喜歡看。」

　　在鏡子前面，有亮把小璇織的紅色圍巾圍上，感覺就是和媽媽給他織的很不同。圍著圍巾，有亮跑到小璇家敲門，小璇媽媽出來應門，「有亮，這麼晚了有什麼事？」有亮回：「學校的課本，我忘記帶回家了，想跟小璇借。」

　　媽媽喊小璇出來，小璇看見有亮脖子上的圍巾說：「哇，好適合你，好好看！女朋友送你的嗎？」

有亮接過課本，笑笑説：「嗯，如果她願意成為我的女朋友。」

小璇媽媽在屋裡催促：「晚了，明天還要上課，有亮你快回去把功課寫了，小璇妳也該去睡覺了。」

那一年，有亮十八歲，小璇十七歲，那一個平安夜的晚上，兩人都懷著甜甜的心情入睡，雖然不知道未來如何，但是兩人各自許願，未來他和她可不可以像現在一樣，喜歡著她和他？一直、一直……跟現在一樣就好。

高中畢業，兩人按照約定考上同一所大學，有亮是經濟系、小璇是外文系，兩人從台南到台北，像親人、也像朋友，彼此照顧對方，有亮雖然不浪漫但是很體貼，小璇比較感性，所以年年都是她告訴有亮：「愛你喔！」，也很依賴有亮。

接近畢業，有亮想繼續攻讀博士、當教授，小璇則是放棄升學：「我們倆，總要有一個人先去工作賺錢，不然我們怎麼在台北市生活？總不能還跟父母伸手要錢。」有亮專心唸書、考教職，小璇也找到貿易公司的工作，兩人存錢，規劃著結

婚、生孩子、買房子，規劃著生活穩定，要一起出國旅行，一切的一切就和一般戀人相同，希望未來平凡而美好。

有亮接到學校聘書的那一天，平常不懂浪漫的他，還特別訂了餐廳、買了戒指，跟她求婚。有亮對她說：「男人跟女人求婚的理由，不僅僅只是因為愛她，而是因為他意識到想和這個女人一起分享快樂和悲傷的時候，所以才會求婚。」

只是美好的背後，藏了兩人想不到的危機。

原本，有亮做健檢，只是學校應聘需要身體健康資料，加上準備考試，他經常覺得特別容易累，所以順理成章就做了健康檢查。只是沒想到健檢的結果，出乎意料之外，也打亂了兩人對於未來的美好期待。

有亮雖然答應小璇，積極的配合醫生做治療，不輕言放棄。但是小璇同時也知道，有亮並不覺得自己病情是樂觀的。小璇希望婚禮如期進行，但有亮怎麼都不肯，甚至還出動雙方父母，希望她打消念頭。

「我知道妳會一直陪在我身邊，但我也許是一個即將會死的人，我即便再愛妳，也不能娶妳。我希望當我離開以後，妳可以遇見一個愛妳的人，會寵妳、照顧妳一輩子，我不能讓我成為妳幸福的絆腳石。」

小璇對於有亮及父母的反應並不意外，她不想他們擔心有亮病情之外，還要再擔心她，所以眾人勸說完後，她沒有再提結婚的事。但小璇卻默默一人進行著婚禮的事，甚至，拜託小芬幫忙，小芬也是唯一可以理解、支持小璇決定的朋友。雖然剛開始，小芬也反對小璇，但小璇對小芬說：「妳應該最能理解，我為何堅持要嫁給有亮，這輩子如果沒有嫁給他，我會有多遺憾？所以，嫁給有亮，我為的是我自己。妳是我最好的朋友，希望妳可以支持我。」就這樣，小芬跟她兩人分工，開始籌備婚禮。

婚紗之後

有亮的病情，惡化的比想像中快，因為化療，體力也愈來愈差，所以多半睡的時間比醒的多。所以，小璇原本希望拍的婚紗照，也一直沒有辦法拍成，更不用說宴客舉行婚禮。

小璇辭掉工作，只在醫院專心陪有亮，有亮精神好的時候，幾次小璇試圖重提結婚的話題，有亮都以：「我累了……」為理由，不願意繼續。

那一年的冬天來得很晚，十一月底，台北都還有幾天熱得讓人穿短袖。但一進入十二月，氣溫卻驟然下降得驚人，冷空氣提醒人，聖誕節的腳步接近了。

看到醫院窗外裝飾、點亮的聖誕燈海，病床上的有亮像是想起什麼，跟小璇說：「高二那年，妳幫我織的紅圍巾，可以幫我從家裡拿到醫院嗎？我想圍著它。」小璇連聲答好，但眼淚卻在眼眶裡打轉。最近，有亮常常跟小璇提起兩人高中時的事：「我常在想『這輩子，我究竟什麼時候愛上妳？』，是那次妳跟吳世恆去看電影，在巷口妳偷走我的心？還是更小？妳在我家偷吃了我媽留給我的雞腿？……」

「我沒有偷吃你的雞腿？是你媽看我可愛，說要給我吃的。還有，我沒有跟吳世恆去約會，跟你說過多少次了……。」小璇想，如果她和有亮的時間就停格在這裡，該有多好。

趁著回家拿圍巾，小璇再度去了婚紗公司，她希望24日平

安夜，攝影師可以去醫院幫她和有亮拍照，安排好細節。小璇回到醫院時，有亮還在等她，看到紅圍巾，有亮自生病以來，第一次在小璇面前流眼淚，「我恐怕要食言了，高二收到圍巾的那個平安夜，我跟老天爺許願，要照顧妳一輩子。對不起，沒想到我做不到。」兩人抱住彼此，在病房痛哭。

小璇央求有亮：「你可以答應我？送我一個我想要的聖誕禮物？」有亮哽咽的說：「當然，我多想把全世界都給妳。」

平安夜，有亮因為藥物的副作用，整個人昏沉沉的，朦朧中，他模糊的看到一名穿婚紗的女子向他走來，勉強打起精神看，是小璇正穿著婚紗站在他面前。小璇對有亮溫柔的說：「我的聖誕願望是穿著婚紗和你拍照，你答應過我要幫我完成。」幫有亮換上燕尾西裝，小璇和有亮在病房完成了婚紗的拍攝。

小璇還當著大家的面，對有亮說：「當你跟我求婚，我答應你的時候，我就已經認定你是我的丈夫，舉辦婚禮、法律上登記的關係，對我來說只是形式上的，婚紗照只是完整了我們共有的愛情記憶，如果，有一天我們彼此終究要說再見，因為我嫁給了你，我的人生便沒有遺憾，我也才會甘心的放開你的

手，才會有再遇到幸福的可能。」

　　那夜，參與婚紗拍攝的每個人，都是強忍著淚水的笑著，也都為他們祈禱著，希望奇蹟能夠出現。

轉角遇見幸福

　　含著眼淚，跟客人簽約。在經營婚紗店的這幾年，總是會遇到幾次。

　　很多時候，我們所認為的幸福再簡單不過，遇見一個讓你或妳心動的男人或女人，告白、戀愛，然後走向婚姻。只是，這樣的簡單，也無法全然受控於自己。在老天爺所給的人生課題裡，相聚、分離，它從來也不給任何人在它面前逞強的機會。

　　所以，珍惜當下，也許就是永遠。如果相愛，就算不能相守，也要試著把遺憾放下，就把兩人最美好的時光，刻在心裡，等待與他或她，在另一個國度重逢。

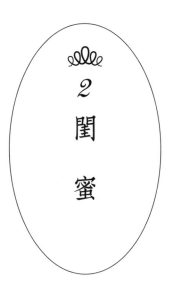

2
閨
蜜

　　陪新娘來店裡看婚紗的人，除了情人、婆媽、姊妹之外，更多是新娘的閨蜜陪著來。宜靜是三年前來C.H拍婚紗照的新娘，當時陪她選婚紗的就是閨蜜小艾；這次換小艾結婚，宜靜陪她來看婚紗，理所當然。

　　剛開始，曾經接待過她們的業務小蘋果，並沒有覺得太奇怪的地方，直到和她們談到婚禮伴娘的服裝時，小艾告訴小蘋果：「伴娘，就是宜靜。」時，她聽了是滿腹疑問。

　　「她們年輕人會不會是因為不懂禮數？所以不知道已婚的太太，不能夠再當伴娘？還是她們百無禁忌，毫不在意？」小蘋果告訴我時，我提醒她，不管客戶在不在意？知不知道？我們都應該再跟她們提醒或確認。所以，當兩人再次來店裡溝通一些拍照細節時，小蘋果私下就「伴娘人選」的問題，提醒了新娘。

　　「謝謝妳提醒，我不忌諱這些的，況且宜靜目前單身。對我來說，她願意主動當我的伴娘，陪著我張羅這些結婚細節，對我來說很重要，也是對我最大的祝福。」小艾話說的語重心長，勾起小蘋果的好奇心。

「總經理，既然新娘不介意，我當然也就沒有繼續往下說。不過，我就是覺得怪怪的。沒想到第三次，小艾和準新郎一起出現時，我覺得新郎好面熟。經過我一番調查後，妳知道嗎？我有驚人的大發現，原來，小艾要結婚的新郎，竟然是宜靜的老公。」

接下來小蘋果被勾起的八卦魂欲罷不能，小艾、宜靜這對閨蜜間的故事，就這樣一點一點地被小蘋果挖了出來。

宜靜、小艾兩人從高中時代開始，就是好朋友。兩人要好，個性卻很不相同；宜靜，聰明外露、個性自我、任性隨意；小艾，相較之下，頭腦就比較簡單，帶點傻氣，所以相對她比較認命。

就像宜靜曾在大學時代，鬧過轟轟烈烈的事端一般。原來，怡靜在系上分組作業提出的創意構想，被學姊擅自剽竊，拿去作為校外論文的發表。宜靜發現後，相當氣憤。於是，拿著證據，直接在課堂當教授、同學的面前揭發學姊，這完全就是她的作風。

但專任教授卻認為，既然是分組作業，學姊如果也曾參與

討論，就不能斷定學姊抄襲。於是沒有積極處理。宜靜不肯善罷干休，一路投訴告到學務處，要求學校處理，甚至還到學校公開的PTT要求公斷，引起軒然大波。搞到最後教授被調查，只是沒想到宜靜的下場，竟然是那學期的這門學科被當。

但如果相同的事情發生在小艾身上，小艾就會選擇息事寧人，最多也只是私下去告訴教授，教授如果不受理，小艾最積極處理的方式，大概就只會給自己尋找一個舒服的理由，消化掉負面的情緒，息事寧人。

因為個性互補吧，所以兩人結為好友以來，宜靜通常都是發聲的主角，而小艾的世界，也大都是繞著宜靜打轉。大學時，兩人雖然不同校，各自也都交往不同的朋友，但兩人的默契、交情，就是和後來認識的朋友不一樣。加上宜靜對人防衛心重，所以心裡有心事或想法，有時也未必真正顯露出來。所以，即便是曾交往過一陣子的男朋友們，也未必抓得住宜靜的心思，宜靜最常跟小艾說：「他們反正是不懂，我也不想說。」至於，小艾真懂宜靜嗎？宜靜就曾告訴小艾說：「我想妳當然也是不懂，不過這不重要，我就是放心講給妳聽。」而小艾反正也不喜歡複雜的事，宜靜說她不懂就不懂吧，反正宜靜願意講，她聽就是了。

　　而對小艾交往的男朋友們，宜靜通常也會事先警告他們：「不准欺負小艾！」，她就像是小艾的姊姊一般。其中曾發生過小艾交往過的男友小P，慣性劈腿，小艾一把眼淚一把鼻涕時，宜靜就直接找到小P，當場賞他一耳光，幫小艾出氣，甚至直接跟小P說：「你根本配不上小艾，請你離小艾遠點，能滾多遠就多遠。」。

　　宜靜大學畢業後，去了美國念書。兩人雖然相隔遙遠，但聯絡沒少過。這期間，無論工作或感情上的大、小事，彼此也都分享。

　　宜靜認識Allen是在朋友家的聚會上，那時候宜靜已經決定回台灣找工作，Allen則是一家電腦公司的工程小主管，原本沒有交集的兩人，是因為貓咪阿肥開始認識。宜靜準備回台灣，正在猶豫要不要把養了三年多的阿肥帶回台灣，或是幫它找到一個好主人寄養。宜靜認養阿肥的時候，阿肥已經是一隻高齡貓，加上在外流浪受過傷，所以經過醫生的診斷，年事已高的阿肥，並不適合飛機的長途飛行，但阿肥這三年多來，就像是宜靜在異鄉唯一的親人一樣，所以宜靜遲遲下不了決定。

　　因為一對夫妻朋友有意收養阿肥，但家裡其實已經養了三隻貓咪，宜靜怕阿肥受欺負，所以先去幫阿肥探探狀況。那天，Allen正好也在，宜靜進門的時候，Allen正跟貓咪玩得不亦樂乎，讓宜靜對他留下了極深刻的印象。那天實地探訪後，夫妻朋友的環境和愛貓的態度，讓宜靜決定把阿肥留給他們照顧。

　　宜靜當晚跟小艾視訊，還跟小艾說：「平常我不常在家，阿肥都是孤伶伶一個，未來如果有家人陪牠，會不會更好些？」宜靜告訴小艾，下午在朋友家遇見一個叫做Allen的男人，這是他提出來的論點，卻也是她從來沒思考過的問題。

　　因為阿肥，小艾發現宜靜跟她提到Allen的次數，愈來愈多。約莫兩個月後的某一天，宜靜突然視訊告訴小艾：「小艾，我懷孕了。我該生下來嗎？」在小艾的追問下，才知道孩子是Allen的，但糟糕的是在宜靜的認知裡，Allen根本不算男朋友，只是一個「人很好」的朋友而已。宜靜跟小艾說，Allen是一個很直白的人，認識不到三天，他就對她表示好感，也告訴她，他正在找一個以結婚為前提交往的女友，並且認識宜靜的同時，他身邊也有幾個還在約會的對象。但如果宜靜願意給他機會，他就不會再和其他人約會。

「小艾，他真的是一個好好先生，脾氣好、對人也好，在我面前，他像是一個大人，理性而成熟。但我試過，我們之間，除了阿肥，沒有辦法有其他的話題。即便上床，我們的頻率也不對，他親吻我之前，還會刻意先漱口……，這對我來說，是不可思議的煞風景。我其實已經告訴他說，我們真的無法在一起。」

生？或不生？宜靜歷經一番掙扎，最後決定她要獨自把小孩生下來。視訊裡，她跟小艾說：「遇到Allen之後，連我自己都覺得我變得很不正常，我怎麼會和他上床？又怎麼會讓自己懷孕？甚至，我知道這個孩子，會綁住我的自由，應該拿掉她。但是，我卻鼓不起勇氣，決定生下小孩對我來說，實在是很懦弱的一個決定。」

懷孕初期，宜靜的狀況很差，根本沒有辦法坐長途飛機，所以延宕了回台灣的時間。有一晚，宜靜大量出血，在不得已的情況下，打了電話跟Allen求救。後來，他當然也就知道他是小孩的爸爸。

接近感恩節前的一週，小艾接到宜靜的電話，電話裡她

告訴小艾，要飛回台灣辦婚禮，希望她能事先為她張羅婚禮細節、像是挑選婚紗、拍照等。一週後，感恩節當天，宜靜就和Allen回到台灣，很快的時間將婚禮到位完成，給雙方父母一個父代後，兩人就又一起飛回美國。

宜靜決定結婚，小艾是意外的。尤其是見到Allen本尊之後，她怎麼看他，他都不像是可以闖進宜靜生活裡的那個人。Allen進退有禮，真的就像宜靜形容他的，是個懂事的大人；相形之下，宜靜就像是個任性的人小孩。大人照顧小孩，要很有耐心，大人照顧小孩也要很周到，只是小孩哪可能乖乖聽話？

宜靜說，婚後發生第一個嚴重的衝突，就是因為產檢。宜靜產檢，Allen每次都會儘量請假陪伴，新手爸爸得失心很重，有次例行產檢，Allen沒有事先跟宜靜討論，竟然請醫生安排一個非產婦必要的例行檢查項目，當下，宜靜覺得Allen真的很不尊重她，不但拒檢，回到家兩人還為這件事，吵得不可開交。「那是一個寵物傳染病的篩檢，我不懂，這關阿肥什麼事？阿肥怎麼可能有傳染病？非要做這樣的檢查，我實在不懂為什麼要做？而且事先不跟我商量？」

　　宜靜說，她當下很難忍受，他對阿肥的質疑，就像疑神疑鬼一個親人得了傳染病一般。而且，她更在意，Allen根本不尊重她，「小孩在我的肚子裡，是不是要從我身上取走什麼，應該要事先讓我知道，並且同意。」

　　小艾說，宜靜跟她說這件事時，她雖然靜靜聆聽，也勸她不要生氣，但其實心裡很納悶宜靜的情緒。她心想：「這有什麼好生氣？如果所有檢查，都是為了共同孩子的健康，那的確是需要做的。況且Allen的擔心，也是新手爸爸的正常反應。」但，小艾，沒有把自己真實的想法跟宜靜說。

　　當然，這件事在Allen不斷的道歉下，終於還是平息了宜靜的怒氣。

　　懷孕七個月時，宜靜不顧醫生搭機危險的警告，堅持要回台灣生產。Allen也只好順從宜靜的想法，Allen臨時請了幾天假陪宜靜回台灣，來去匆匆，安頓好宜靜母子，才趕回去上班。臨走前，Allen第一次單獨約小艾吃飯，「妳是宜靜最好的朋友，她很依賴妳，因為臨時決定回台灣生產，時間太匆促，所以我必須趕回去交接工作，才能再回來。我不在的時間，只

能拜託妳多多關照宜靜。」Allen說，宜靜這一個月來，總是怪怪的悶悶不樂，問她怎麼了？她總是說：「累了！」Allen問多了，她就會大發脾氣。後來就突然跟Allen表明，非要回台灣不可。「我其實也覺得，她回台灣生孩子比較好，我有時候工作忙，真的也無法一直陪她。她在這裡，有熟悉的家人和妳這樣的朋友陪她，我想這樣，她情緒應該會比較穩定。」Allen說，他回美國交接工作後，就會趕緊回台陪宜靜，之後，只要宜靜想留在台灣，他就請調回台定居。

Allen一走，小艾看宜靜好像如釋重負，覺得十分奇怪，小艾問宜靜：「你們夫妻間，到底發生了什麼事？」宜靜回小艾：「我好像從婚姻的牢籠裡逃了出來，我幾度想跟Allen提分手，但孩子畢竟還沒出生，看他樂在當爸爸的喜悅中，我根本沒有勇氣，告訴他我想要離婚。而且不管我怎麼發脾氣，他都默默忍受。」

宜靜說，她很不開心、很不快樂。兩個人在一起生活，Allen對她既周到又好；像是他打呼聲很大，怕吵到她和寶寶睡覺，竟然主動跑去醫院做手術；家裡的家務，也都自己動手整理，雖然不至於到有潔癖，但他明明就是一個生活井然有序的

人。宜靜覺得，她出現在他的生活裡，就變成把他生活搞得
一團亂的人；而Allen闖進她的生活，他就像是一個老師，雖然
不至於到嘮叨的長篇說道理，但她卻也被迫Follow他的很多規
矩。所以，無論他怎麼對她好，她都覺得嫌棄、生氣，他做越
多，她越覺得喘不過氣來，覺得自己快被他的好，窒息。「我
不敢坦白說實話傷害他，所以只能先逃開。」

　　不過，宜靜逃開的時間，並沒有很長。Allen真的如他告訴
小艾的，交接了美國的工作，申請調回台灣。宜靜生產前，他
就回到宜靜身邊。而隨著宜靜的反覆無常，Allen因為求助於小
艾，他跟小艾的接觸也就越頻繁。但介入越多，小艾就越同情
Allen，在她看來，Allen沒有哪裡做錯，有錯也只是錯在他並不
知道，宜靜一點也不愛他。

　　小孩生下來，他喜孜孜抱著剛生出來的女兒，到宜靜身
邊給她看，Allen才正感動開口說：「老婆，妳辛苦了！」沒想
到，宜靜竟然回他：「Allen，我們離婚吧！」Allen一頭霧水，
以為宜靜產後憂鬱，除了求助醫生，同時也求助小艾，小艾雖
然不明白宜靜提離婚的時機，卻也不覺驚訝。只能反過來安慰
Allen，這只是新手媽媽的一時情緒，宜靜會改變想法的。

　　女兒出生，宜靜把心思轉向孩子，和Allen暫時相安無事，也就沒有再聽她提起離婚的事。直到女兒四歲生日那一天，宜靜直接給Allen離婚協議書，她告訴Allen，她可以自動放棄監護權，但唯一的條件就是她可以隨時看女兒，她不要贍養費，但希望Allen可以先借她一筆錢，讓她可以找房子搬出去。宜靜告訴Allen：「這幾年，我像是被困在婚姻牢籠裡的鳥，都快忘記怎樣可以自由自在地在天空飛翔，我已經犧牲太多，現在我想找回以前那個任性而為的自己，至少，快樂就快樂，想哭就哭。Allen你是一個很好的丈夫、盡職的爸爸，我要離開，單純因為我真的不適合婚姻。我不想繼續這樣，也不想繼續懦弱下去，我不想因為討厭這樣的自己，而討厭你和安妮。」

　　沒有給Allen考慮的時間，宜靜留下簽好字的離婚協議書以及一封信，隔天就消失了。去了哪裡？何時回來？這次，宜靜連小艾都沒說。

　　宜靜走得很突然、也很匆忙，小艾除了安慰突然失婚的脆弱男人，也幫忙照顧跟著單親爸爸生活的小女孩。這對多年來孤身一人，渴望家庭溫暖的她來說，好像從中也得到某種慰藉，慢慢地，宜靜好像真的從他們身邊消失了，等到小艾意識

這樣下去會無法脫身時，三個人之間互相依存的情感，已經在不知不覺中，發生質變了。

　　小艾跟小蘋果説，小安妮算是她和Allen之間的紅娘。兩人幫她過七歲生日，切蛋糕許願時，安妮三個願望中，竟然有一個許的是：「爸比牽著小艾阿姨的手，小艾阿姨牽著我的手，我們一起去迪士尼。」安妮童言童語的大聲説，兩個大人聽了卻是一臉尷尬。慶生結束，Allen開車送小艾回家，一路上，Allen跟小艾連聲抱歉：「小孩子的話，妳別介意，她這樣説只是很喜歡妳，謝謝妳這幾年來，為我們所做的一切。」小艾聽到Allen客套的解釋，心裡反而有一股説不出的失望，一路悶悶地不説話，直到抵達家門口。

　　但也因為小孩無心一句話，小艾説，她才開始誠實面對自己的感情。

　　「我知道自己不應該期待什麼？但聽到Allen刻意的解釋，我卻覺得很難過，好像告白被拒絕一般。」於是，慶生結束後的那整整一週，小艾都沒有出現在Allen家，連電話也不打。以前，小艾總會空出時間，特地去接安妮放學，也會陪安妮做

功課、講故事，等安妮睡了，Allen再送她回家，回家路途雖然不遠，但兩人總可以利用時間，聊聊天、聽聽音樂，或是有時Allen肚子餓，她會陪著他到家附近的麵攤吃宵夜。兩個人雖然沒有親暱的肢體動作，但心裡存在一種互相依賴的親密感。

小艾說，難過的情緒，讓她意識到自己的真心，但她也開始很害怕，怕對不起宜靜，怕別人怎麼看她？怕只是自己的自作多情……。最後，她決定趁沒有發生任何事，也沒人發現任何事時，趕緊退出Allen和安妮的生活，讓一切回到原來的位置。

刻意保持距離的這一週，除了不明就裡的安妮還是每天打電話給她之外，Allen沒有任何音訊。表面上，小艾好像鬆一口氣，但心裡對於Allen的冷淡，難免還是介意。一週又一週過去了，小艾每天數著日子，除了Allen還是沒有給她打電話之外，漸漸地，安妮打來的電話也變少了，再慢慢地，等到連小艾自己也數不清日子究竟過了多久的時候，Allen竟又出現在她公司門口。

Allen攔下小艾，搖下車窗，小艾看見安妮也坐在車上。Allen說：「小艾，有空一起去吃飯嗎？」一旁的安妮也幫腔

說：「小艾阿姨，妳好久都沒來看我，我很想妳，我們一起去
吃飯，好不好？」小艾一時之間不知道怎麼拒絕，只能點頭上
車。三人之間，就好像什麼事都沒有發生過一般，吃了一頓歡
樂、輕鬆的晚飯。後來送小艾回家，車上安妮一如往常，拉著
小艾的手撒嬌：「小艾阿姨，我禮拜天學校運動會，妳來幫我
加油好不好？」小艾害怕自己的心又動搖，狠下心跟安妮推
說：「小艾阿姨，禮拜天要加班，只能讓爸爸去幫妳加油了。
但阿姨一定會在心裡幫妳加油。」但安妮顯然不放棄，小艾下
車時，安妮又搖下車窗撒嬌地說：「小艾阿姨，能不能不加班
啊？」後來，還是Allen跟安妮說：「不要為難阿姨。」安妮才
一臉失望，跟小艾揮手說再見。

　　只是一回到家，小艾就動搖了。「反正就最後一次，只
是去運動會加油，沒有其他的。」小艾找理由說服自己，但一
下又告訴自己：「好不容易，拉開了一點距離，我還要讓自己
越陷越深嗎？」就這樣自我掙扎，反覆了好幾天。但禮拜天一
早，小艾還是去運動會，才走進學校，老遠就在教室門口看到
Allen，Allen先和她打了招呼。

　　「今天不加班了？為了安妮請假？」

「我週六先加班趕完了，既然安妮希望我來，我就來幫她打打氣，沒什麼的。」

「最近很忙？都不見妳來家裡。安妮總是念著妳。」

「接近年底，公司事情是比較多。」

「聖誕節妳有計劃？」

「我……應該會跟朋友出國吧！恐怕不能一起過。」小艾遲疑了一下，心虛的說了謊。

「這樣啊……」Allen 說完，也若有所思的停頓了好幾秒鐘。

還好，學校這時廣播響起，暫時化解了雙方的尷尬。運動會結束，在安妮的撒嬌下，小艾跟父女倆又去吃了頓飯。可能是白天運動會太累，安妮一上車就睡著了，於是Allen提議，去遠一點的地方看看夜景，也讓小安妮多睡一會。小艾想不出什麼拒絕的理由，也就默默的任由Allen把車往陽明山的方向開。

「小艾，妳最近是不是有什麼不開心的事？我看妳悶悶的。」

「沒什麼特別，就是公司事情多了點。」

「如果可以，我可以請妳多來陪陪安妮嗎？她慢慢大了，有很多問題需要媽媽來教，我心有餘而力不足，安妮經常掛念妳、也很依賴妳。」

「安妮掛念我、依賴我，那你呢？」小艾沉默了許久後，忍不住脫口問。

「我昨天突然收到宜靜發給我的簡訊，今年聖誕節前，她預計回台灣。」Allen沒有正面回答小艾的提問，但卻說了好久沒出現的「宜靜」的訊息。小艾不明白Allen的意思，正在想如何回應時，Allen接著說：「小艾，這幾年一直都是妳，陪著我們，我知道妳是衝著和宜靜的交情，對妳，我不知道有多感恩。我常在想，如果宜靜是那個讓我痛苦的魔鬼，妳就是那個上帝派來解救我的天使，當時如果沒有妳，我根本沒有把握，可以照顧好安妮。妳對我來說，很重要。我知道這一陣子，妳是刻意拉遠和我們之間的距離，我忍著不打電話，是因為我覺

得，我不應該這麼自私的綁著妳，讓妳守著我們。因為我不知道，我要怎麼留住妳？或我有資格留住妳嗎？」

聽到Allen的告白，小艾靜靜沒有說話，只是眼眶發熱的看著窗外。Allen用餘光偷瞄小艾，遞了手帕給小艾。但看到遞到面前的手帕，小艾突然笑了：「現在，還有隨身帶手帕出門的老派男人？應該已經絕種了吧。」Allen看小艾的反應，雖然不懂，但看小艾笑了，也就高興的搭話說：「怎麼會老派？從幼稚園開始，我就帶手帕上學，怎麼說也是幼稚才對。」

沒有太多肉麻的言語，小艾和Allen 自然而然又回復到以往，小艾會撥空去陪安妮，然後Allen送她回家，兩人偷得約會的小確幸，讓彼此心裡都是甜甜的。聖誕節很快就到了，宜靜回來是彼此之間「共同」的一件大事，也讓兩人有著「共同」的志忑。

「我想先徵求妳的同意，這次宜靜回來，我想先單獨約她，由我來告訴她，我們之間的事。我明白妳的遲疑或不安，來自於妳們是感情很深的姐妹淘，但我要告訴宜靜，在她不告而別後，妳為我和安妮所做的一切，也讓她明白，現在的妳，對我們來說有多麼的重要。」Allen搶先在小艾開口前，先表明

了立場。小艾明白，Allen不認為他們的相戀，需要取得宜靜的諒解，或是跟宜靜解釋任何他們之間的事，因為對Allen來說，當年是宜靜先放棄了一切。但，小艾不同，她如果沒有取得好姐妹的諒解，是無法安心，一直幸福下去的。

宜靜回到台灣的那天，才下飛機，一通電話馬上就打給了小艾。「小艾，我回來了！我很想妳。妳幾點下班？我去家裡找妳。」電話那頭，傳來宜靜爽朗的聲音。小艾明白，該面對的終究還是要面對。

那一晚，宜靜跟小艾說了當年不告而別的心情，也說了這幾年她的經歷。宜靜告訴小艾說，原本，她只是想搬出她和Allen的家，結束讓她喘不過氣的婚姻，這樣她還是可以留在小孩身邊。但當她提了很多次離婚，Allen不肯也無動於衷時，她只好一走了之。離開的這幾年，宜靜去了很多國家旅行，也刻意不和任何人聯絡，「我知道妳會勸我，也不會贊同我的做法，所以我才連妳也沒說、沒聯絡。」宜靜說。

「那……這幾年，我每週固定發給妳mail，有收到嗎？」小艾問。「收到了，小艾。謝謝妳這麼用心的對我，妳寄來的

照片，讓我覺得我這個當媽媽的，並沒有錯過女兒的成長。」宜靜回。

遲疑了一會，深呼吸一口氣，小艾還是決定告訴宜靜：「宜靜，如果，我說如果，我告訴妳我愛上了一個男人，妳會願意祝福我嗎？」

宜靜看著表情嚴肅的小艾，突然笑了出來，「小艾，妳談戀愛了嗎？妳愛上的如果是一個男人，不是女人，我當然會祝福妳啊。但如果妳愛上的是一個女人，我當然不准，因為我會吃醋的。」宜靜笑著說。

「但，那個男人如果是Allen，妳還會祝福嗎？」小艾又深呼吸了一口氣，表情更加嚴肅的問。

「Allen？真的嗎？妳愛上的，真的是他？對我而言，他是個好男人，也是我女兒的爸爸。如果是妳和他，我只有加倍祝福。」看見宜靜一派輕鬆地回，小艾反而更不安。

「宜靜，我是認真的，妳心裡一點疙瘩都沒有嗎？妳不會

覺得，我跟妳情同姐妹，我怎麼可以愛上妳的前夫嗎？妳真的可以接受嗎？可以嗎？」小艾一口氣説完想問的話。

　　宜靜看著小艾著急的臉，再度笑了出來，她主動去拉小艾的手，正經的對她説：「我只説一次，小艾妳聽清楚，妳，是我這輩子最好的朋友，我希望妳幸福，如果妳找到的是真愛，我真的很為妳高興，即使那個他，是我的前夫，我一樣為妳高興。況且，如果他是『前夫』，表示我們都是自由的身份，不管是他或我，我們都擁有重新選擇伴侶的權利。而小艾，妳更是，妳有權去選擇，任何一個妳認為值得的男人。」

　　就這樣，小艾跟小蘋果説，她原本以為會介意的那個人是宜靜，也擔心會因為Allen，而影響到好友之間的感情。但後來發現，會介意的那個人其實是她自己，那是因為她愛Allen，而宜靜，因為不愛，不愛，又哪會介意？當然不會在乎。

婚紗之後

　　平安夜，在Allen的安排下，小艾、安妮和宜靜，四人一起到餐廳過節，主餐用畢，上甜點時，卻是由Allen抱著一大束花，推著甜點車走出來，他走到小艾面前，單膝跪下，先是遞上花束

給小艾，然後拿出戒指對小艾說：「這是一直以來，我想為我們做的一件事，妳願意成為我們家的女主人嗎？」小艾先是點頭，但隨即看了看一旁的宜靜，宜靜用鼓勵的眼神向小艾點點頭，在一旁的安妮，也高興的拍拍手對著小艾說：「好棒喔，從今天開始我有兩個媽媽，對不對？小艾媽媽和宜靜媽媽。」

著手開始籌備婚禮，宜靜一路陪著小艾選婚紗、挑喜餅，連Allen都有點吃味，他跟宜靜開玩笑說：「我連第二次結婚都脫離不了妳的魔掌，新郎是我，妳們倆姐妹，可以看見我也在嗎？」宜靜也不甘示弱回：「沒有我點頭，你哪來這麼好的老婆？我可是小艾最親的姊姊，『親家』你懂不懂？」小艾說，看他們兩個鬥嘴，她覺得自己是世界上最幸福的人，那種感覺很不真實。

而原本以為發現大八卦的小蘋果，因為一點一點知道她們的故事，投入其中之外，也和新娘小艾變成了好朋友。有天，小蘋果在門市遇到我，她抓著我說：「總經理，她們的故事，真的好偶像劇喔，讓我好感動、好感動。她讓我相信，有時候真實人生發生的事，比戲劇還更戲劇。」我開玩笑回小蘋果：「妳應該原本以為，兩個換帖好姐妹，先後嫁了同一個男人，會互抓頭髮、呼巴掌是不是？」沒想到小蘋果心思被我猜中，默

默點頭說：「我原本真的以為，會是這樣老梗的劇情。哈。」

轉角遇見幸福

　　婚姻中的兩個人，除了當初相遇，從腦子裡蹦出的那一點荷爾蒙，成就了愛情之外，想要在一起5年、10年、15年、甚至更久，就要培養像朋友般志同道合的感情。因為一旦有了共同的興趣、共同的話題，以及共同目標，才能讓兩人在一起相處愉快，感情保鮮。

　　所以，偶爾出一些小花招讓對方驚喜，為平淡的生活增料、調味；或是雙方空出一段時間，安排兩人獨處的旅行，傾聽彼此的聲音；甚至，小別勝新婚，給對方或自己一些獨處的空間、時間，這些都有助於紓解長久相處上產生的壓力。

　　人的情感，本來就會隨著時間變化，所以聰明的女人或男人，要知道如何去堆疊、累積夫妻間的依賴感、製造被需要感，以及給對方要的安全感，唯有這樣，婚姻才會是符合愛情期待的美事一樁。

3

尋找幸福的模樣

　　那一天本來如同任何一天沒有不同，不同的是，店裡來了一個男人，他推開C.H Wedding的門獨自走了進來，他站在櫃檯前簡短地說明來意：「約莫兩年前，我跟我老婆已經來拍過婚紗照，我們因為某些原因當時沒有結成婚，但下個月我想補辦婚宴，之前在你們這裡拍的婚紗照，我覺得拍得很不錯，所以不用重拍，但是我想幫我的新娘訂製一套新的婚紗，不知道來不來得及？」男人補充說：「不過，在訂製婚紗完成前，我不想要新娘知道，想給她一個驚喜。」

　　男人一邊跟我們討論希望婚紗的設計款式，也斷斷續續地說出當年我們所不曾知道的故事。

　　新郎建智、新娘小瑜，在交往三年後，決定結婚了。除了結婚這個提議達成共識外，對於美好婚禮模樣的想像似乎是很不同。

　　「妳夢想中的婚禮是什麼樣子呢？」

　　小瑜被問到這個問題時，沒有太多思考脫口而出：「在國外白色漂亮的教堂裡，帥氣、多金的新郎，獨一無二的專屬婚

紗，還有好多好多的香檳、玫瑰花……，以及很多朋友來給我
滿滿的祝福。我想要公主般完美受到矚目的世紀婚禮。」

「你想要給你的新娘怎樣的一個婚禮？」

建智被問到這個問題時，思考了一下說：「最好是低調而
溫馨，新娘穿著簡單優雅的婚紗，在神的見證下，我們互許下
『執子之手、與子偕老』的終身諾言，邀請來婚禮的賓客都是
至親好友。」

我們和新人討論婚紗細節時，通常都會做出這樣的提問。
看來新娘與新郎，兩人唯一相同的選擇就只有舉行婚禮的地
點──「教堂」，所以從籌備婚禮開始，我們看到他們幾乎沒
有一天是和平相處。雖不至於到吵架，但很明顯新郎建智的想
法是完全不被採納，於是，慢慢他也就只好選擇被動配合，以
消極方式成為好好先生。他告訴我們說：「反正一輩子就只一
次。何況，老婆是娶來寵的跟疼的，只要小瑜開心，他也沒什
麼不能配合的。」

但第一次和新娘小瑜到婚紗店挑禮服討論拍照細節，新娘

的表現，應該就讓他嚇了一跳，雖然我們也覺得新娘很特別。當天新娘小瑜抱了兩大疊的參考資料，從婚紗質料的選擇、款式，新娘的妝容、髮型LOOK到攝影師的拍照風格，資料是應有盡有。她告訴我們：「我是慕名而來的，希望你們公司不要讓我失望。」拿起婚紗公司的型錄，新娘一張一張照片逕自的批評指教。新郎彷彿可以看出承接他們專案的服務小姐以及攝影師臉上黑黑的三條斜線，一直以表情來對我們致上歉意。最後離開婚紗店前，新娘還對著我們說：「你們C.H Wedding這麼有名的婚紗店，大概沒有什麼做不到的吧！我把資料留給你們，你好好研讀一下。我們再來約時間討論。」

　　這樣的討論一次、兩次、三次、四次……一直到第十次，新娘小瑜終於稍稍滿意，也終於和我們約好拍照日期。十次的討論，新郎只陪同出現了三次，雖然當著外人的面，新娘會問他：「這樣好不好？那樣行不行？」但當新郎提出不一樣見解時，新娘通常是不斷、不斷的解釋著說服他，直到他跟她意見相同為止。幾次下來，我觀察到新郎建智就不再表示意見，後來婚紗討論會議，新郎能免則免，也跟小瑜說：「一切她決定就好。」

　　拍婚紗照當天，新郎建智告訴我們說，他覺得一切都很

好，婚紗很典雅、攝影師安排的拍攝流程很順暢，攝影棚場景也很時尚、精緻。當建智看到小瑜整個穿戴完成走到他面前時，建智還看傻眼、真心的稱讚小瑜說：「妳真的好美！」不過，小瑜一直對於化妝師幫她畫的眼線、唇色很不滿意。所以，整個拍照的過程幾乎是氣嘟嘟的在生氣，建智一直安撫小瑜，要她放輕鬆，不斷地跟她說：「親愛的，妳真的很美。」旁邊的工作人員，也一起附和，但小瑜就是自己跟自己過不去。拍完照，建智還利用小瑜去換衣服的空檔跟化妝師說抱歉，「她平常不是這樣的，應該是太在乎、太緊張了。真是不好意思。」

好不容易，拍攝婚紗終於完成，接下來宴客的場地、賓客的名單……等等，仍舊是一場災難。為了籌備婚禮，小瑜辭掉了原本公關公司小主管的工作，「我要很專心的辦好婚禮，讓我們留下終身難忘的回憶。」小瑜為了當美美的新娘，身材已經很纖瘦的她，還執意減肥。也嚴格限制建智的飲食，幾天下來建智餓到頭昏眼花，脾氣自然暴躁。以往，小瑜碎碎念地抱怨時，建智還可以忍受，甚至還安撫她。但籌備婚禮以來，他幾度覺得自己忍受小瑜已到了臨界點。

那一晚，他和小瑜來挑拍好的婚紗照片，建智毫不吝嗇地

大讚覺得拍得自然、也符合兩人風格。哪知小瑜可不這麼想，當她從包包拿出放大鏡時，不要說我婚紗店的工作人員，誇張的行徑，連新郎建智都當場傻眼。小瑜拿著放大鏡一張一張地檢查照片。三、四百張照片，花了好長的時間看不說，小瑜還十分有耐性的張張挑毛病，最後小瑜逕自下的結論是：「重拍！」

「小瑜，妳有必要這樣嗎？為難別人，也和自己過不去？」建智隱忍一個晚上不發作，但一走出婚紗店門口就忍不住對小瑜說。

「我就是覺得我的妝有問題，拍照現場我就反應過了，這是要留下來一輩子的照片，我當然要最好的啊。」小瑜雖然知道建智不開心，但還是很堅決的要重拍。「本來我是想全部重拍，那這樣好了，就只要重拍白紗那一套，加上我自己的獨照，你的照片都很帥氣，你只要陪我兩個小時啦。好不好？好不好啦？」建智鐵青著一張臉，但還是在小瑜的撒嬌下，點了頭。我們雖然假裝沒聽到他們在門口的對話，但大家也禁不住面面相覷。

除了對婚紗照吹毛求疵，挑喜餅時，小瑜和自己的媽媽母

女聯手更是一選十多家，兩人對於餅乾、甜點非常有想法了，「你們用的是什麼油？有檢驗證書可以給我們參考嗎？」、「這甜點，當初烘焙師的設計發想是什麼？」……

建智陪在旁邊聽，看著母女侃侃而談、無障礙的挑剔，建智選擇不答腔，關掉母女兩人的聲音，兩個女人就像是默片裡的演員，建智心裡冒出聲音問自己：「這是我要娶來當老婆的女孩嗎？」

小瑜不是建智的第一個女朋友，但卻是他唯一真心動了結婚念頭的女孩。認識小瑜是在朋友公司商品上市的記者會上，小瑜是負責規劃記者會的執行公關公司，記者會當天，因為產品代言人發生緋聞，所以現場滿坑滿谷的媒體大陣仗。建智一旁看到小瑜面對記者的咄咄逼人，還是滿臉笑容的一一應答，雖不到氣定神閒，但以這個外表看起來像是小妹妹的年紀、配合她嬌小的個頭，卻在大陣仗記者會中表現出大將之風的女孩，他對她留下了極深刻的印象。

後來再遇見小瑜，又是在朋友的婚宴上，兩人各自被新郎與新娘找去當婚禮其中一對的伴郎與伴娘，新郎是建智NYU的

學長、新娘則是小瑜薇格小學、中學，從小到大的閨蜜。而緣分，的確是奇妙的連結，當天婚禮兩人就那麼剛好被湊成一對。

見到小瑜的第一眼，建智早就認出小瑜，但建智還假裝兩人第一次見面，倒是小瑜因為職業本能的關係吧，她對建智說：「你很面熟，我們好像在哪見過？」建智順勢逗她：「漂亮的小姐，這開場白很像是搭訕，妳想跟我交朋友嗎？」小瑜一聽，瞬間臉紅說不出話來，但看在建智眼中，臉紅的小瑜可愛極了，加上今天白禮服的妝扮，建智的視線幾乎是無法離開她。

婚禮現場，兩人沒有太多時間聊天，但建智整晚都盯著小瑜看。直到婚宴後的afterparty，建智才有機會跟小瑜多聊聊。「我剛剛見面開玩笑的話，希望妳不會介意。其實妳沒有記錯，我們的確在一個記者會上照過面。」建智跟小瑜聊天後發現，兩人共同認識的朋友還真不少，他甚至直白的跟小瑜說：「我們現在才遇到，是不是太相見恨晚了。」

小瑜當然也對建智留下好印象，一來是建智很幽默，再來則是建智是個高大的型男。建智雖然沒有明說自己的家世背

景，但小瑜憑著職業的敏銳以及從小被媽媽訓練看男人的眼
光，從兩人談話的蛛絲馬跡裡，小瑜幾乎可以確定建智來自不
普通的家庭。只是讓小瑜很納悶的是建智後來送她回家，開的
卻是一輛平價的TOYOTA車。

臨下車前，建智問：「漂亮小姐，妳剛剛給了我名片，
上面只有公司電話和信箱，請問可以給我手機的聯絡方式？」
建智沒想到小瑜答：「如果有事找我，先寫mail好了，我的工
作，很長時間都在講電話，除非必要，我很不喜歡講電話。」
小瑜說完，只跟建智說了聲：「掰掰囉！」轉身就下車了，給
了建智一個軟釘子碰。

朋友的婚禮過後，建智腦袋中老是想起小瑜的一顰一笑，
但也只能對著小瑜的名片發呆，一週以後他終於鼓起勇氣寫了
第一封mail給小瑜：

江若瑜小姐您好：
我們公司正在找年度合作的公關公司，不曉得是否可以透
過妳，了解一下貴公司的意願以及合作的可能性？麻煩妳了，
謝謝。

林建智

　　小瑜很快回建智電話，兩人並且約定了會談的時間。來建智公司做簡報那天，小瑜一行人準備得很充分、表現專業、內容也很精彩，當下就敲定了兩家公司進一步合作的想法。

　　會後，建智開玩笑問小瑜：「江小姐，現在妳可以留下手機號碼給我了嗎？」沒想到，小瑜拿起桌上的筆直接站起來走到建智面前，拉起他的手在他的手心上寫下個數字。然後對著他說：「林總，我依舊不喜歡用手機講公事，但如果想找找，可以先傳簡訊。」

　　小瑜離開之後，建智看著手心上的電話號碼，心想：我大概逃不過這女孩的手掌心了。毫不猶豫，建智傳了簡訊給小瑜。

　　「江小姐，今晚七點我想請妳吃飯，請教一些私人問題。七點我會在妳公司名片上的住址樓下接妳。」

　　「沒問題。晚上見。」小瑜很快回了簡訊。果然，毫不扭捏作態，小瑜的直率，更是吸引建智。

　　七點一到，小瑜準時下樓，東張西望找那晚送她回家的

TOYOTA車，遍尋不著。反而是遠遠的看到一台白色的蓮花跑車，對她閃燈。不一會，建智下車招手，小瑜上車好奇地問：「才幾天你就換車？」建智笑笑：「為了接妳，耍帥啊！」

建智帶小瑜到了一家很隱密的日本料理吃飯，餐廳是會員制。小瑜又問：「這也是男人耍帥的那一套之一嗎？」建智笑笑，不置可否。

但建智的確勾起小瑜的好奇心，所以才一坐下小瑜就有一堆提問，建智笑笑說：「小瑜，我可以跟別人一樣稱呼妳？」

「可以，當然。」小瑜回。

「那小瑜，這裡的東西很好吃，我們先好好吃飯。等等我會回答妳的每一個提問。」

接下來，餐桌上，建智可以說用「認真」兩個字來介紹每一道上桌的食物。聽得小瑜目瞪口呆不說，心想：「你也太懂了吧！」好吃的食物、好喝的酒，讓小瑜幾乎忘了剛剛對建智的種種好奇，兩人雖然剛認識第一次約會吃飯，但彼此的互動

卻像熟識的朋友一樣，很舒服的在一起。

反而在最後上甜點，介紹完甜點後，建智提出第一個跟菜色無關的提問：「小瑜，我很欣賞妳的直率，我也就直接問妳了：『妳有男朋友嗎？』」

小瑜看著建智突然很嚴肅的臉，噗哧笑出來：「我說有男友，等等要自己買單嗎？」聽小瑜一說，建智不好意思也笑了，「吃飯當然是我買單。只是我自己很困擾，因為想進一步認識妳，總是要先了解妳，是不是名花有主呀？」

小瑜第一次聽到這麼直白的表白，不但不覺得突兀，反而覺得很有趣，「好吧，我們可以進一步認識彼此，我目前沒有男朋友，因為我媽媽很挑剔，男的朋友我可以自己決定，但若是男朋友就要過我媽媽那一關，那是我跟我媽的協議。」

原來，小瑜是單親，媽媽做貿易，小瑜五歲時，爸爸因為外遇跟媽媽離婚，媽媽母兼父職，獨自撫養小瑜長大。

媽媽從小告訴小瑜，女孩子要進得了廚房、出得了廳堂，

要有工作能力也要聰明會選男人。雖然單親，媽媽仍然從小就把小瑜當千金栽培，讓小瑜的生活一直都是不虞匱乏。所以小瑜的男友條件，不但學識、人品要好之外，更重要的是要通過媽媽身家、財力評斷。

而小瑜眼中的建智，則是進退有禮卻不失幽默風趣，加上好的學識身家，小瑜直覺建智一定可以過得了媽媽的挑剔。

經過一年「男的朋友」的關係，再經過一年小瑜媽媽認同，一年正式「男朋友」的交往，建智在和小瑜認識的第三個的聖誕節跟小瑜求婚了。

只是，兩人籌備婚禮的種種，讓建智好幾次懷疑自己真的可以跟小瑜走到最後，「她真的是我要共度一輩子的女孩？」這樣的提問開始不斷浮現在建智的腦中。

那天小瑜母女挑選喜餅和規畫婚禮會場的布置的種種嘴臉，讓建智像是逃走一般，躲進了一家隱密的咖啡廳，坐在咖啡廳裡，建智自問自答好一會兒，幾個鐘頭過去，最後，他做出了：「暫不結婚。」的結論。當然「悔婚」後續得面對的問

題他不是完全沒有想到，但不可否認，同時間心裡卻有種無比輕鬆的感覺。這時，距離婚禮舉行只剩下倒數三天。

建智左思右想，決定約小瑜長談。

隔天，一如往常建智到小瑜家接她，一上車建智車就往郊區開，而且若有所思的不太說話，小瑜雖然覺得奇怪，卻以為建智要浪漫要給她特別的驚喜，車開到當初他跟她求婚的海邊餐廳，兩人坐定吃完飯。建智終於開口對小瑜說：「這是一個很難的決定，但我還是希望妳能試著理解我。」停頓了一下，建智深呼吸說：「小瑜，我希望取消婚禮，因為現在的我無法跟妳結婚。我……」

小瑜飛快打斷建智的話，「你是太焦慮了嗎？不用你操心的，我一個人會搞定所有婚禮的細節。你不是愛我嗎？你怎麼可以臨陣脫逃？」說到這兒，小瑜眼淚已經在眼眶裡打轉。

「小瑜，我仍然很愛妳，只是我以為我可以因為愛妳而包容妳所有的一切，但是籌備婚禮的過程中，我卻發現，其實我做不到。婚姻並不只是王子與公主的結合，然後一輩子無憂無

慮的幸福。所以，我想緩下腳步，給我們再多一些時間，讓彼此去確認，我們是不是對方要相守一輩子的伴侶。而我們之間所想擁有的幸福價值觀，是不是可以拉近、彼此靠近。我不想要我們之後的婚姻，有可能是互相遷就，或互相埋怨的。我知道目前我們會因為我的這個決定很難過，但是難過是因為我們彼此相愛。」

「所以你就是不結婚了？」小瑜根本沒有心情聽建智的心情告白。連問了三次：「確定取消婚禮？」

建智不發一語，點點頭，回應了三次。

深呼吸一口氣，對建智說：「不結婚，我們就分手。也沒有什麼必要浪費時間確定你所謂彼此的幸福價值觀。」

說完，小瑜起身拿起皮包，轉身就奪門而出。

小瑜以為建智會跑出來追她，沒想到建智沒有。小瑜邊哭邊走，一邊還死盯著手機，以為建智會如以往一般打電話來認錯，黑漆漆的馬路，小瑜往前往後看，就好像她跟建智的未來

一般，看不到盡頭，也越來越害怕。

婚紗之後

　　婚禮的前一天，婚紗店依約從早開始打小瑜電話想要確認取禮服、婚紗照的時間，但小瑜直至傍晚，整整一天都沒接電話。加上新郎的電話也轉語音，所以讓負責的接待業務，一直覺得納悶、奇怪。

　　婚紗店快打烊時，透過小瑜母親的電話告知，原來兩人婚禮取消了，所以婚紗照要擇日再來拿，也保證一定會付清款項。

　　過了婚禮日期後的一週，小瑜的媽媽、建智的父親，來付款、拿婚紗照。從建智父親不斷跟小瑜的媽媽道歉的話語得知，原來建智臨出國前在機場，打了通電話給父親告知，除了延後婚期、暫不結婚的決定外，並請求父親幫忙善後。

　　而小瑜在沒有等到建智電話的隔天，也瞞著媽媽躲到墾丁。只傳了簡訊寫：「我實在太丟臉了，對不起，媽媽。暫時不要找我，我不會做傻事、不要擔心。」在墾丁躲了足足兩

個月。

　　她與建智這一分開，兩年就這樣過去。兩年之間，建智去中國拓點，兩人唯一的聯結，就是建智從不間斷的一週一mail寫給小瑜，雖然她從來沒有回信，但早就在建智寫的字裡行間原諒了他。

　　那天，小瑜跟學妹相約去醫院探望好友剛生baby，就在探視新生兒的大玻璃前，沒想到兩人不期而遇。建智繞道小瑜身旁，小小聲一句：「好久不見！我很想妳。」小瑜紅了眼眶。

　　學妹看見建智，找了個理由先走，臨走前還給小瑜一個加油的眼神。

　　「我們是不是應該找個地方，心平氣和的坐下來聊聊？也許妳還生氣，但請給我一個機會，把兩年前我沒有說完的話說完，好嗎？」建智說。

　　小瑜坐上建智的車，始終不發一語只是掉眼淚。建智口袋掏出手帕幫小瑜拭淚，「別哭，好不好？我今天這樣遇見妳，

都不知道有多高興。」建智把車開往兩人熟悉的郊區餐廳，「今天不要又一個人走，兩年前妳可是沒有買單就走，也不問問我是不是有帶錢包出門，我就算想要帥追妳，在門口就被攔下了。今天沒想到遇見妳，我得先檢查看看有沒有帶錢？」建智一邊自嘲著說，一邊真的認真開始掏口袋是不是有帶皮夾。

小瑜被建智找錢包的舉動給逗笑了，回了一句：「超老套的梗。」

「對嘛，對嘛，就是這樣笑一個。」再熟悉不過的笑容、笑聲，這一笑使得兩人就像是不曾分開的戀人一樣。

「到餐廳還有一段路，妳先如實交代一下這兩年做了些什麼？跟幾個男人約會過？我可是每個禮拜寫Email給妳，如實報告行蹤。」

「如實報告？我想你沒有喔，就像今天你沒有交代會出現在台灣啊！」小瑜回。

「就是這個反應，妳是我認識的江若瑜。我知道妳不愛講

電話,但我不知道妳也不喜歡回信,為什麼對我寫給妳的信,都沒有回應?」

　　沉默了幾秒,小瑜才開口:「因為,覺得對不起。因為,我把你給我的寵愛,變成了傲慢而不自知;因為,我目中無人的只是享受你給我的慷慨。」聽到小瑜這樣說,建智慢慢的把車靠在路邊停下。

　　建智牽起小瑜的手,「小瑜,其實我也對不起,當時我很害怕對那樣的妳負責,所以只能逃走。冷靜下來,我真的沒有不愛妳,當時只是累了。」建智撫摸小瑜的頭髮繼續說:「結婚跟談戀愛一樣,在一起或分開,不只是一個決定而已,我決定要對妳負責,也要對我們的未來負責。我不想妳成為公主病的女王,雖然我可以給妳高貴的珠寶、美麗的衣服,帶妳上高級的餐廳;儘管如此,我還是比較想保有原來的妳,不要妳中了錢財、勢力的毒,而讓人頭暈目眩、瞠舌無語。」

　　小瑜點點頭,「我也不想變成那樣的人,但我卻讓自己變成那樣。所以,才覺得對不起。」

「看起來，我們都認錯，我們可以問問老天爺，給不給兩個想改過自新的人一次機會？」建智從口袋裡掏出一枚硬幣往上擲，「只要是人頭，我們就重新來過，如果不是人頭，我們就永不再見面吧，因為見了也傷心。」

「哎呀，不要啦！」小瑜來不及阻止，建智已經往上擲。

結果，硬幣擲出的當然是人頭，建智還演驚喜的表情，「江若瑜小姐，恭喜妳，真的是人頭，這個幸運的硬幣留給妳，記得這個男人是老天爺指派給妳帶領著妳幸福、保護妳的人，從現在起，妳的眼睛只能看著他、順從他！更不能輕易離開他。」

小瑜紅著臉，拿著建智硬塞到她手裡的硬幣一看，這個所謂的幸運硬幣，根本兩面都是人頭。

婚紗完成的那一天，建智還精心準備了再一次求婚。

那天兩人相約吃完晚飯，建智跟小瑜說：「今天車子進廠保養，我沒開車來，天氣也不錯，我們散散步吧。」

兩人手牽手，建智一路和小瑜散步到了婚紗店門口，經過櫥窗時，建智對小瑜說：「這件婚紗好美，妳進去試穿給我看好嗎？」小瑜猶豫小聲說：「不要吧，我覺得有點丟臉，萬一他們記得我們兩年前來過……」小瑜還沒說完，建智已經半推半就，拉著小瑜走進去。

　　「林先生，你們來了。我請他們準備一下。」櫃台接待說。小瑜瞪大眼睛一臉狐疑，看著建智，建智只給了她一個安心的眼神，小聲說：「要順從我，妳忘了嗎？」。

　　接著，兩人就被帶往樓上的VIP試衣間，小瑜正覺得納悶，才上樓進VIP室，就先看見了媽媽、然後建智的爸爸、媽媽在裡面。還來不及開口，建智就從衣服口袋掏出了一張邀請函，「江小姐，我想邀請妳下個月參加我的婚禮，妳願意出席並且先幫我試穿當天新娘要穿的禮服嗎？」此時，小瑜已經眼眶泛淚。

　　接著，建智當著雙方父母面前單膝下跪拿出戒指，「小瑜，謝謝妳對我的包容，兩年前，我一度以為我失去了妳，現在妳還願意陪伴在我的身邊，真的很感謝妳給了我時間和機會，

沒有因為我的脆弱而放棄我，讓我相信，我是被妳深愛著。」

建智說完，小瑜媽媽也幫腔：「我已經警告過他，不可以再隨便一走了之，不然我會天涯海角追著他。」

建智的爸爸也說：「我們想抱孫子了，妳也幫幫林爸爸、林媽媽努力一下……。」

就在雙方家長的幫腔、祝福下，小瑜讓建智戴上戒指，穿上了他為她挑選的新娘禮服。

小瑜又哭又笑著說：「這禮服怎麼這麼美啊？我真的覺得好幸福！謝謝你們為我所做的一切。」

轉角遇見幸福

　　小瑜是C.H很認真的客人，因為一次帶來三、四百套造型圖片，來跟我們討論造型，對我們來說是很大的挑戰，幸好我們也拍出兩人心目中理想的婚紗。

　　愛情走向婚姻裡，藏有太多細節，一旦決定走進裡面，無論男人、女人都要懂得「讓兩步」：讓一步，不是退讓，是因為相愛；再讓一步，是因為珍惜，懂得為彼此著想。不去狡辯討論對錯、不去逞強爭輸贏，因為，家，從來都不是一個講道理的地方。

　　甚至，雙方對彼此，要有點「傻氣」，選擇完全的信任、單純的陪伴，任一方都要看不清楚對方的缺點，只是認定彼此，彼此依靠，一起生活、一起過日子，相濡以沫。

4

六秒鐘

「我只看了他一眼，就愛上他了！」她説。

「真有那麼帥嗎？」我記得她告訴我時，我差點沒從椅子上掉下來。

「唉呀！真的就是一見鍾情！」她説，以前看過一個報導，報導寫：六秒鐘可以幹嘛？只要凝視一個人的眼睛，就可以愛上對方。有了這六秒，可以改變一生。

説她的故事前，我先插播一下，我的人生中，截至目前為止，除了生了三個可愛的孩子外，最令我驕傲的就是一直到現在，我都還有一大群好朋友，尤其是從小學、國中開始就有好交情的好姐妹、好哥兒們。

在一個悶熱的午後，我接到她的電話。

莎拉是我從小的好姐妹，她是屬於豐腴、可愛型的，所以她挑戰婚紗照的第一關，恐怕就是減重，好讓自己從容、優雅的穿上漂亮禮服。所以，電話中她大聲且堅定地跟我説：「賈姬，（這是我小時候的綽號），我要結婚了！我要去你那裡拍

婚紗，現在正努力減肥，等減肥成功我就去找妳。」

　　我一聽既然是好姐妹要結婚，當然義不容辭地要肩負起監督的工作。我阿莎力的說：「好，沒問題！兩個月，五公斤，就這麼說定了。一定要成功，不許失敗！」

　　電話這一頭，我興致勃勃，但那一頭一聲：「喔！」，她的聲音明顯地變小聲了。

　　她接著說：「我會努力的，但若結果不如預期，漂亮的婚紗我還是穿不下，可不可以只拍高中制服？」

　　「什麼？高中制服？小姐，你都幾歲了？」我驚訝地說。

　　「我會自己去訂做，重返學生時代，我想和他拍出純純的愛！」電話那頭的她，說的比減肥的決心還要堅決。

　　看到這裡，想必你一定很好奇，她到底是為什麼一定要穿高中制服？六秒鐘究竟發生了什麼事？那請讓我來說一個既浪漫、又可愛的戀愛故事！

　　莎拉，五年前的暑假，決定暫時離開多年的工作，給自己一個休長假的機會。假期間，因為學油畫的教室，就在誠品書店旁邊，所以她經常混在誠品消磨時間，看書看累了，就到二樓的咖啡廳，點杯咖啡、發發呆、看看人。

　　遇見的他，是個暑假來咖啡廳打工的學生，但就在他端咖啡給她的時候，電光火石間，六秒的眼神交會，心就蠢蠢欲動了！

　　莎拉說，第二天一早，她又去喝咖啡，為的就是要再看他一眼，但沒見到他。於是她不死心從早上坐到中午，中間去上了兩小時的畫畫課後，再回去，從下午又坐到晚上十點，接近咖啡廳打烊，他還是沒出現。等待中間，當然她也想過直接去問櫃檯他在不在？但也不知如何開口，因為她其實沒什麼特別想法，只是想再看他一眼。

　　第三天一早，莎拉又去。一屁股坐下又是到打烊時間。

　　接連著第四天她如上班打卡一樣，固定在咖啡廳裡端坐等待，咖啡喝得她心悸加頭昏眼花。並且她心虛的覺得咖啡店的

服務員都彷彿知道，她是醉翁之意不在酒。

　　第四天打烊前，莎拉喝下最後一杯咖啡時，還告訴自己：「明天絕不能再來，不然被發現了，就鬧笑話了。」心裡正這樣想著，沒想到咖啡廳的店長，走過來告訴她：「少祥還在念高三，平日要上課，只有週末才在。」

　　莎拉一聽，當然本能的假裝聽不懂，哈哈大笑的連忙回：「我……我沒有在等人啊，是因為你們的咖啡很好，所以才來的，明天……明天我還會再來，明天也不是週末嘛！週末人多，不一定來。」企圖化解自己的尷尬。店長一聽，很上道地回：「那很歡迎妳，明天再度光臨。」

　　「喔，原來他叫少祥，竟然才念高三。」幾天咖啡喝下來，莎拉心想也不是沒有收穫。

　　為了撇清自己不是等人，莎拉隔天只好硬著頭皮又再去了咖啡廳。而且撐到快打烊才走。一連去五天，好不容易熬到了週末，那到底去不去呢？讓她猶豫好久。

「高三？太小了吧，掐指一算，不過才十八歲，但怎麼看他，他都不像這麼小？」

「我又沒有想幹嘛，就只是看他幾眼，應該沒什麼大不了吧！」

「反正，要去畫畫教室，就去喝杯咖啡而已。」

就這樣自問自答、反反覆覆想，莎拉竟然失眠。最後得出的結論是：也許就是沒看清，所以才會迷戀吧，看清楚也許就不符期待。反正剛好要去畫畫教室，每天也要喝咖啡，去去無妨吧！

就這樣說服了自己，上完課，莎拉去咖啡廳報到。而他，也如店長所言，真的週末當班。當他送上咖啡給她時，她也不知道自己在緊張什麼，竟然臉紅心跳到無法直視他。所以，接下來，她就坐在角落偷偷看他，直到打烊。

週日一早，她就像是咖啡因上癮，又去了咖啡廳。

87

　　就這樣她更瘋狂陷入偷看他的遊戲，一看看了快三個月，而且為了不被識破，她只好每天固定出現，假裝自己天天來，不是因為某人。咖啡因過量的結果就是天天失眠，黑眼圈，一圈還比一圈黑。

　　為了救自己，莎拉說：「我想想這樣下去也不是辦法，要嘛，就是我直接約他，他拒絕我，我也就死心。要不，就是他沒拒絕我，我們彼此多了解對方一些，應該也會幻滅。但不管他選哪一種，我都可以得救。」

　　莎拉從小到大一直是我姊妹中，算是很性格的女生，她不來扭捏那一套，直率的她也談了幾段戀愛，但因為成長於單親家庭，小學時候，爸爸外遇，看到媽媽痛苦的婚姻過程，從此成為不婚主義，一旦發現男生想定下來，莎拉就先逃。所以，她根本抱定這樣的表白，不過是為了滿足自己的好奇心，她只是想認識他而已。

　　一天接近咖啡店打烊，莎拉鼓起勇氣、直接了當跟少祥說：「姊姊想約你看電影，你有空嗎？」沒想到少祥也毫不扭捏回：「好啊，什麼時候？」兩人互相留了電話，就定下了第

一次的電影約會。

「我們的定情片竟然是《泰山》！很爆笑吧！」聽到她這麼說，再度讓我想跌倒！

「片子是他選的，反正我看什麼都好。他看他的泰山，我當然是盯著他看。」聽到這，連我都替她覺得害羞了起來。她接著說：「看完電影，我們繼續到華納威秀旁的咖啡廳聊天。中場休息，他說他出去抽一根菸，要我等他一下。一回來坐下，他就問我：『妳願意當我的女朋友嗎？』」就這樣耶！我們開始談戀愛了。」她大聲的宣佈。

「但說到年齡的差距，連我自己都嚇一跳！」莎拉說，她當天在咖啡廳就問少祥，男女相差多少歲數是他能接受的範圍？沒想到少祥回：「我覺得十歲太多，八歲應該還好。妳看起來最多只有三十歲吧？」莎拉一聽，正猶豫要不要說實話，沒想到男友接著說：「我覺得妳約我看電影，超酷的。我從小就喜歡妳這樣酷的姊姊。」莎拉說，她雖然心想：「這是什麼跟什麼啊？」

　　但鬼迷心竅念頭一轉,自己說服自己:「差十歲的姐弟戀,本來就比較不被看好,差多少,反正也沒差了。就算在一起,兩人反正也不會有什麼未來,不如,就開開心心,就當過一個暑假好了。」

　　只是沒想到,從就「一個暑假」,他們不知不覺地變成了一年又一年的暑假。莎拉覺得少祥的朋友全是年輕人,跟他們在一起自然變年輕,不只穿著、打扮變年輕,就連心境也變年輕。「超好玩的!跟他在一起,做什麼事都變得好玩!」她開心地說。

　　在她以前的觀念裡,生活、工作到玩樂,都需要被計劃。雖然她在一般人眼裡,已經夠隨性,但真的跟少祥在一起後,才發現真正的隨性是要伴隨更積極的行動力。例如,以前交往過的男友,她都要討好他們,他不喜歡週末出門,因為不喜歡跟人擠,她也理所當然不出門;出去玩,也總想這樣、那樣,划不划算?或是要配合對方的時間,那就打消興致,再等等;交往超過兩年,理所當然就要被催著結婚……,但這些過去認為理所當然的框架,在跟少祥的戀愛中完全被打破,想去環島?不用挑日子,請好假,騎著車,下午就出發,旅館不用預

定，走到哪玩到哪、吃到哪；生活一切簡單，路邊攤一樣有美食，不用花很多錢，一樣很有樂趣。至於婚姻，那更是和愛情不劃上等號的兩碼事。

「我每次坐在少祥的摩托車上，二十四歲的載三十八歲的，我常問自己：我們是瘋了嗎？是瘋了吧？不過瘋的實在太有趣了！」莎拉說：「以前的我，知道自己討厭什麼？不要什麼？但從少祥身上，我慢慢了解自己喜歡什麼、要把握什麼，我們互相作伴，我不用想要討好他，他也不用哄我，兩人之間相處，自然得像朋友，關係卻又親密的像家人，我和他，心裡和腦子裡，現實的生活裡，都各自擁有更多自在的空間。」

莎拉接著說：「我只能相信，這一切都是老天爺的安排。而我的確是幸運的！」兩人之間懸殊的年紀差距，也讓她一度是心虛的，例如：剛開始小心翼翼不敢給他看自己的身分證；也不敢把他大方介紹給朋友認識……。但這些，回到他身上卻一點都不是問題，少祥父母很小就過世，是爺爺、奶奶把他扶養長大，老人家從不過問他的交友狀況，而他也因為很早就出來半工半讀，工作經驗讓他比同齡的男生成熟、沉穩，甚至，他來往的朋友，對於兩人的年齡差距，也彷彿沒有感覺。

　　甚至有一次，兩人去逛街挑飾品，和少祥年紀相仿的年輕女店員對莎拉喊：「阿姨！」，導致莎拉一臉尷尬時，少祥二話不說，當場牽起她的手跟店員說：「她哪是什麼阿姨？她是我女朋友。」甚至，還故意在女店員面前，親了她一下。「當場我尷尬到想挖個洞鑽進去，但走出店門口，少祥竟然憤憤不平跟我說：『妳看起來都比她年輕，她喊妳阿姨？她到底有沒有事啊？下次遇到這種大白目，妳根本不用理。』」

　　其實，兩人在一起第二年的聖誕節，莎拉就決定告訴少祥，她真實的年紀，也做好真相揭曉後分手的打算。「我實在不知道怎麼開口，所以只好傳簡訊給他。沒想到半小時後，他出現在我家門口按鈴，帶著一袋爆米花和剛租好的DVD說：『這個月透支，我們就不去電影院看電影，一起在家裡看DVD好不好？』。」正納悶他是不是沒看到簡訊？他進門就跟莎拉說：「我早就知道，我們不止相差八歲，但如果到現在我們都喜歡彼此，那好像差多少歲都沒關係了吧。況且，現在我們也不可能結婚，所以不用為這個理由分手，如果有一天，你討厭我，或我不喜歡妳了，我們才分開。」

　　一晃六年過去，兩個原本都沒想過結婚的戀人，為什麼會

想結婚？

莎拉說也許是一年多前意外的一場大病，讓他們有了不同的思維吧！

一年多前，莎拉在一次例行健檢，意外的檢查出得了乳癌。不過還好發現的早，只是初期，進醫院開刀到化療，他都寸步不離地陪在身邊。這個過程，讓莎拉體會到身邊這個小男人的好。「以前就只是覺得跟他在一起，什麼都很好玩，讓我沒有壓力，感覺很純粹，這樣的關係很自在。知道自己得病了，我的第一個念頭就是跟他分手，因為不想拖累年輕的他。」莎拉說生病讓她感受到年齡的殘酷，「妳想想一個老女人，因為生病而憔悴、因為沮喪而負面情緒不斷，那時連我自己都很討厭我自己，尤其是化療的過程，病人根本沒有尊嚴可言，我不想要他看到這所有的一切。」

剛開始，莎拉還理性的提分手，少祥不肯，他只跟莎拉保證：「相信我，我會像個男人，陪在妳身邊，當妳的支柱。我是不會離開妳的」。但隨著治療過程，莎拉越來越不能控制情緒，莎拉說，她幾度是大聲咆哮的要少祥離開，但不管她怎麼

發火，他就是不肯走。再後來，莎拉改為哀求，她對少祥說：「我希望你記憶中的我，都是美好的。況且你還這麼年輕，你的生命，不能因為我的病而枯萎。」莎拉說，少祥那次聽完她的話，當下不發一語，但隔天真的就沒有再出現。只是當她去醫院時，就會收到他傳來訊息關心的問：「還好嗎？」或是「加油！再撐一下！」為她打氣的簡短訊息。但莎拉當然是一次都沒有回。

就這樣兩人分手，過了一個月。

那一個月裡，她一個人看病、一個人去醫院，然後一個人回家，什麼時候都孤零零一個人時，她才發現自己根本回不到一個人的狀態。「當時我真覺得我好慘，而且是自己把自己逼到一個既可憐又可悲的狀況裡，某天我去醫院，因為化療副作用剛吐完，幫我做化療的護理師跟我說：『陳小姐，妳的那個男朋友呢？剛剛我又碰到他，他怎麼這幾次妳來醫院都沒陪在妳身邊？一個人在那裡晃來晃去的』」我才知道，原來，少祥沒有離開過，他只是默默地在遠遠的地方陪著我。」

那天，化療結束。莎拉手機再度收到簡訊，莎拉忍不住

哽咽的打電話問：「你在哪裡？到底在哪裡？」電話那頭沉默了許久，直到莎拉崩潰大哭，少祥才回話：「別哭！除非妳想看到我，我才會出現在妳面前，這樣是不是妳就可以沒有壓力？」莎拉回：「我想看到你，我想要。」就這樣，從醫院角落飄出來的少祥和莎拉兩人，就在醫院長廊上抱頭痛哭，兩人哭得像是迷路的孩子找到了親人一般。

「以前，我認為人生只是不斷的選擇，不管是工作、愛情甚至婚姻等等都是，要與不要，就兩者之間利索的做選擇，可以很瀟灑任性的。但現在，我卻認為人生不只選擇，如果可以加上轉念，遇到事故、挫折時，會讓原本以為瀟灑任性的選擇，變得優雅從容一些。甚至，不必將自己逼到死胡同裡，轉不出來。」

就這樣，莎拉在少祥的陪伴照顧下，恢復了健康。而她與少祥之間，也從剛開始只是好玩的愛情，進展到相互依賴、離不開對方的伴侶關係，甚至有了共組家庭的共識。這一段從六秒鐘開始的一見鍾情，到相差十四歲的戀愛情節，也終於有了圓滿的結局。

　　莎拉超感激自己的幸運，也謝謝老天爺給她的奇蹟。一路走來，很多人羨慕她、祝福她，卻也很多人抱持質疑或是不屑的口吻問她：「姐弟戀一路走來很辛苦吧？」莎拉卻不知道怎麼回答，她笑說：「跟別人說真話，人家未必相信，說了姻緣天註定，好像是在炫耀，但在妳面前，我說真的，這個好男人可是我追來的，哈。」

　　「那缺點呢？他都沒有任何缺點？」就算是好姐妹，我忍不住還是要問到底。

　　「缺點？你問我？我要是覺得他有缺點，就不會嫁給他了！那等我發現以後，我再告訴妳。」

　　「蛤？妳真的很敢講！妳最好給我一直幸福下去！」我真的為她覺得好開心！

婚紗之後

　　轉眼兩個月過去了，是該來驗收成果的時候了！

我的老天爺啊！她真的瘦了五公斤，胸大、腰細每一件禮服都可以穿，而且超美！她的意志堅定，就像她追求愛情的態度一樣。病後，莎拉不但開始注意飲食細節，還養成了固定運動的習慣。

當然啦，我也是功不可沒，我這個超嚴格的朋友，三不五時除了電話問候她進度之外，甚至嚴格到某天的晚餐時間，我還專程跑去她開的咖啡店（咖啡姻緣讓她中毒至深到索性開起咖啡店來），突擊檢查問，「妳晚餐吃什麼？」結果，我只看到桌上一小碟肉片、燙青菜，當她用超無辜的眼神問：「加一小個芭樂，可以嗎？」我這才放心地去吃我的晚餐，「那妳加油！掰，我要去吃日本料理了！」我說，莎拉一腳把我踢出門。

拍婚紗照那天，莎拉拍了很多套超美的白紗，當然還有她最堅持的高中制服。

但，到底為什麼呢？「他高中的時候，妳早就念完大學啦！」我問。

　　莎拉白了我一眼回：「是沒錯啦，我和他認識時我是老啦！」她接著說，「但我超羨慕高中時期，那種純純的戀愛，穿著制服的男孩、女孩相約，在早餐店一起吃早餐或是去看電影。但高中時，我太胖啦，誰會約我？一直沒有機會，所以我才想要過過癮，回到過去。」

　　莎拉邊說還邊偷偷瞄身邊的少祥說：「我只想要有一天，假裝我跟他年紀一樣大！」

　　原來，這就是答案！

　　我親愛的妳，妳一定會好幸福好幸福地，永遠的十九歲，永遠的這麼純真、浪漫，一直幸福下去！

轉角遇見幸福

幸福，其實是很主觀的。

從莎拉身上我看到的是：「怕什麼，老娘就衝吧！」，就盡情享受現在的快樂。她不太在意別人的眼光或勸說，一副「我的人生，就是我自己在過」的豁達樣子。

她談過幾段戀愛，在姐妹們的眼中都不算OK，甚至其中最經典的一段，她付了50萬的分手費，請男人搬離她家，才結束糾纏不清的惡緣，姐妹為她抱不平，總會提醒她：「要為自己打算，女人是會變老的！」但莎拉總是笑笑回說：「我才不要逼死我自己。」

也或許就是她這種「吃虧當吃補」的傻氣，她總是能為自己的人生，創造出幸福的驚喜。所以，工作遇到瓶頸，她給自己長假喘息；戀愛發生了，她就熱情追求，隨緣把握；生病了，也能拿出勇氣面對、去戰勝它。

常有人問我：幸福是什麼呢？

真要我說，我覺得是：自己覺得好就好，旁人多說一句都是多餘的廢話。就是這麼主觀！

5

愛情，沒什麼不一樣

　　「我們想要的照片風格，既要都是帥氣的男人，也要都是最嫵媚漂亮的女人，然後最重要的是拍出幸福感。」提出拍照想法時，攝影師並不能完全明白她們的想法。「我希望你們不要用一男一女的想法，來定義我們關係，我認為我們是Partner。」和攝影師主述想法的女子叫小米，過肩長髮，皮膚白皙，Ｔ恤、牛仔褲，看起來簡單俐落。

　　這時，坐在小米身旁的女子也幫腔：「小米的意思是我們都是獨一無二的花朵，誰都不是襯托誰的綠葉，也不需要綠葉。」她，名字叫小櫻，留有個性的學生頭，皮膚白皙，外型她看起來比小米可愛一些。兩人在裝扮、行為、氣質上，沒有誰明顯的偏向男性化，乍看之下會以為兩人是姐妹。兩個女人坐在一起，無論是攬腰或是牽手，都沒有違和感。

　　她們，無疑是C.H很特別的客人。

　　接待業務小莊說，兩個女人年紀跟她年紀一般，但跟她們聊天之後，卻讓她發現自己對於愛情的觀念太狹隘了，因為兩個女人的愛情，遠超乎她原本的認知。

其實，小米和小櫻在三十歲以前，愛的都是男人。

小米甚至有過一段長達八年的婚姻，並且有一個七歲大女兒。小米的爸媽是小學老師，她有一個哥哥，兩人只差一歲。小米說：「因為爸媽都是老師，所以我和哥哥從小就被父母很嚴格的要求，不管是在禮貌、還是念書方面。雖然不至於到體罰，但我印象中，只要做不好，我跟哥哥就會被打。譬如說吃飯，媽媽要求我們要端起碗，甚至拿筷子，也要按照媽媽教的方式；念書方面，就更不用說，爸媽都是老師，我們的成績，好像沒有什麼可以不會、不好的藉口，我還記得我小學三年級，有一次考了第三名，回來被媽媽罰寫、還罰站。」

「後來，到國中讀英文，我跟哥哥是被爸媽要求拿著英文字典一字一字背。一天背五十個單字，沒得討價還價，背不到、記不住，零用錢就會被沒收。跟哥哥比，我的個性又比較倔強、叛逆一點，所以從小我被媽媽打得多，罰得也多。」小米繼續說。

不過，小米口中所謂的小時候比較叛逆的事，不過就是

拿著手電筒，偷偷在棉被裡看瓊瑤小說或是少女漫畫。因為家裡晚上八點五十分準時熄燈、九點鐘上床睡覺。即便是到考試前、放寒暑假，都一樣，沒有例外。「小時候，我經常覺得我媽根本不是媽媽，她比較像是舍監，甚至我還懷疑過自己是被領養來的孩子，我媽其實不是我的親生媽媽，只是後母。不過，她對我哥也是一樣嚴格，所以好像又不是這樣。」

國中考高中，哥哥和她都不負爸媽期望，先後考上臺南一中、臺南女中。「哥哥先上臺南一中，所以我國三考高中那年，以及後來我可大學考上臺大，我的高三那年，這兩年，大概是我人生最黑暗的時期，因為媽媽那時把注意力，全部聚焦到我身上。加上那時，有一個每天一起搭公車、就讀高職的男生，常常寫情書給我。不誇張，那時，我腦子裡經常出現，我跟他一起私奔、離家出走的念頭，或是很想自己發生意外，正好可以一了百了，跟一切說掰掰。」

小米說，高中念女校，也令她覺得挺痛苦的。尤其是一群女孩嘰嘰喳喳，每天像是在菜市場裡上課，吵死了。加上升學班，女生之間的競爭，常有人使出暗黑的招數，也令她很反

感。「所以，我覺得我壓根不可能會喜歡女生，讀了那麼多瓊瑤小說，我嚮往的當然是跟一個深情的帥哥，能夠把我從媽媽身邊解救出來，談一段轟轟烈烈的戀愛。」

後來，高中考大學，小米沒有考上媽媽所預期的成大，「我媽最希望我考上成大，因為她可以就近看管我，但因為我考上的是臺大，她當然也沒理由，不讓我去念。」北上念大學，小米說，她像是被放出牢籠的小鳥，什麼都新鮮，什麼都好玩。「我第一次到舞廳、抽第一口菸、第一次翹課、第一次成績被當、第一次接吻、第一次上賓館、有了第一次的性經驗……。」

小米坦言，上大學之後，她跟家人之間的關係越來越疏遠，除了偶爾在學校會遇見勤奮向學的哥哥之外，不到非不得已，她會找很多藉口理由，不回台南。媽媽即便生氣，但天高皇帝遠也管不到她，慢慢就放棄了管她。她還記得某年過年，媽媽氣她不回家，還寫了封信給她，說要跟她斷絕母女關係。

大四那年，小米認識地下樂團玩音樂的貝斯手小虎。他也

是第一次帶她上賓館做愛的男生。小米說，小虎雖然玩樂團，但平日是個不折不扣的宅男，現在想想為何當時被他吸引？小米說：「應該是形象的反差吧，小虎念資訊管理，平常是個很不起眼的阿宅，但他一上臺，貝斯吉他一彈，卻是讓人眼睛一亮，很不一樣。他第一次跟我告白，就是在台上，出其不意對著台下宣布，他瘋狂喜歡上一個女孩。當著眾人的面邀請我，願不願意到賓館跟他做愛？」

當晚，她就被小虎帶到賓館，「小虎帶著我看A片，然後我們仿A片的情節做，那跟我想像的純愛很不同，不瞞妳說，那一晚小虎脫掉我胸罩時，我腦袋裡浮現的是我媽，我甚至問自己：這是一個保守老師的乖女兒，該做的事嗎？但念頭一閃，我覺得小虎跟自己都超酷。」

小米比小虎小一屆，一畢業，小虎去當兵，小虎只要放假，小米說，自己就像是慰安婦，「我想想婚前，我們大概每次約會都是在床上，小虎除了喜歡音樂，也喜歡做愛。快退伍前，小虎跟我求婚，也是在床上。那時，我也快畢業，對於未來也很茫然，我沒多想，就點頭答應。」小米說，現在回想自

己當時的心態，應該是不想畢業後要回台南，也不想再跟媽媽
面對面，甚至她潛意識想要有一個家，因為很孤單吧。所以，
結婚，絕對是她當下最好的選擇。

「但我真的沒想到『婚姻』是我人生的另一個牢籠。而
小虎，也不是我期望的人生伴侶。」兩人婚後半年，小米就懷
孕了，「當然，懷孕後，原本小虎熱衷做愛這件事就得被迫減
少，同時，我也慢慢發現，以前那個吸引我的小虎也不見了。
婚後，小虎在電腦公司，找到工程師的工作，薪水待遇不差。
但卻逐漸失去生活的動力；貝斯吉他，被他遺棄在房間的角
落，上面鋪滿一層灰，也沒再見他拿出來彈過。甚至，他真的
很懶。懶得出門，懶得整理家務，甚至也懶得跟我講話，懶到
身材走樣，像是吹氣球一般，胖了十幾公斤吧。」

另外，在婚前沒有發現或發生的問題，在兩人每天被迫
長時間面對面後，也通通藏不住的浮現了。她舉例，以前跟他
在賓館過夜，她忍受他的打呼聲，只有一晚。但現在，她得天
天忍受他如雷貫耳的打呼聲；以前他在她面前亂丟臭襪子，她
可以幫他撿起來，或喊他自己撿起來，但現在是天天的你丟我

撿，每天他對她的話，充耳不聞；婚前，假日時，他還會敷衍地陪她看電影，或是逛街，但婚後，假日他就是懶在沙發上睡覺，或是抱著電腦打電動，要他陪她出去買菜，他若不是嫌累，就是找理由推拖。

「後來，即便女兒出生，小虎依然沒有意識到自己是爸爸。女兒半夜哭鬧，搖他幫忙，他根本不醒；女兒大概三歲，有一次兩父女坐在電視機前面，看海綿寶寶、吃薯條時，我突然覺得，原來我有的是兩個孩子，而從來沒有老公。」那一刻起，小米說，她有了離婚的念頭，後來陸續跟他也提了很多次離婚，但只要她提離婚，小虎就會帶著女兒回他媽媽家，沒多久，婆婆就會打電話勸她。就這樣，夫妻倆雖然同住一個家裡，但卻越來越像陌生人，小虎也從來沒有想改變什麼。她原本以為小虎只是惰性使然。但直到她意外在他手機發現一段視頻，她嚇傻了，也決定帶著女兒，搬離兩人的家。

「那天他要我幫他手機充電，沒想到桌面顯示的APP傳來一段他和按摩妹在床上的自拍視頻，還有按摩妹發給他的挑逗性暗示話語。我不可置信地問他：『為什麼要拍這種不入流的

影片？』，他竟然一副理所當然的回：『妳那麼久都不願意讓
我碰妳，這只是一種發洩。』。」

小米說，她以前只是覺得不愛整理家務的小虎，不愛乾
淨。但看到按摩妹視頻以後，她是真的覺得他很髒。而對於視
頻，小虎也沒有過多的解釋，她甚至認為小虎是故意的，「如
果他還有任何一點在乎這段感情，他的反應，應該要是很慌張
的吧，而不是一副無關緊要覺得沒什麼好解釋。」帶著女兒搬
離開以後，小米終於在半年後，拿到小虎簽字的離婚協議書。

「我沒有跟他爭女兒的監護權，因為他也許是個不及格的
老公，但他至少還是個愛孩子的爸爸，加上我公婆很疼女兒，
所以我同意共同監護。兩人協議好，平日，女兒由公婆、老公
照料，假日，則由我來照顧。」離開小虎之後，小米用積蓄租
了一個房子，也很快找到出版社翻譯的工作。

「離開婚姻之後，我花了一段時間讓自己重新學會獨處，
也發現，一個人的生活或許有時感到寂寥，但卻遠比不上過去
八年在婚姻中費盡心力，卻不被認同的寂寞與悲傷。搬出來以

後，我開始實現我期望中的生活步調與想擁有的居住環境。同時在工作中，我也找到被肯定的價值。」

小米說，連女兒週末來跟她住，都驚歎：「媽媽家好漂亮，來媽媽家，好像來度假、住飯店。爸爸家，實在太亂，走路都要撥開障礙物借過。」週末她甚至會帶女兒到家附近的咖啡廳喝咖啡，女兒喝果汁，兩母女就靜靜在咖啡廳各自看書一下午；或是心血來潮，來個週末小旅行，說走就走。「我跟女兒像是朋友，分享心事，也一起學習新的事物，像是畫畫、或是一起學做烘焙。這才是我長久以來，想要的親子模式，而不是威權、打罵，像是我媽媽和我之間。」

離婚之後，小米說，她當然也想過要不要再交男友？但約會幾個男人之後，竟然覺得很無趣，想到前夫和按摩妹的視頻，也讓她對和男人進一步交往，有很深的障礙。「單身之後，我有很多的時間閱讀思考，也和身邊的女性朋友聊，我發現我期望的愛情，好像不應該受性別的限制，性取向應該是流動的。後來，在好奇心驅使下，她試著到女同志的交友網站交友，約會了幾個女同志，雖然沒有深入交往，但讓她確認在

「女友」的身上，應該可以找到她現階段所想要的。

　　「直到我遇見小櫻，讓我更是確信了這一點。兩個人在一起，重要的是互相的感覺、火花，和生活習性、價值觀；而不用被考慮的是身高、國籍，還包括是性別。」小米說：「和小櫻約見面的那一天，第一眼，我就有一種『就是她』的直覺；有一種似曾相識，卻又說不出的情愫，在我們之間流動。我們本來只是約吃中飯，後來從下午茶、晚餐到午夜，我們一直在一起。我們的嗜好很相似，想法也很接近，所以很有話聊。」第一次見面後，分開不到幾個鐘頭，小米發現，她竟然會強烈的思念她。而小櫻應該也是如此，因為兩人分開不到一小時，她就主動Line她，約她晚上見面。

　　於是，兩人很快又見了第二次、第三次，「第三次約會，小櫻就約我到她天母的家看夜景，我們邊抽煙、喝紅酒，聊著工作、聊著旅行想要去的地方，然後自然而然⋯我們接吻、撫摸⋯然後上床。」小米說，第一次女女上床的經驗，超乎她想像的契合，也在其中找到她所要感情的平衡，「當我們相擁而眠或經歷性愛的高潮後，我發現自己不像過去（與男人的性經

驗）一般，總是在高潮後感到被剝奪、被拋下，而感到萬般空虛。在八年被桎梏的婚姻關係裡，我總覺得自己被強迫扮演一種角色，必須要隱藏自己真正的樣貌，不能外顯，如果不小心外顯，也從來得不到理解，或是欣賞。」

小米的一番話，說得小櫻頻頻點頭，小櫻補充說：「她不用在我面前扮演一個溫柔婉約的妻子或無怨無悔犧牲的媽媽。她只要維持原來的她，也不用去成為我所期望她的樣子。我能夠用女人的心理解她，也能給她更強大的支持。」小櫻任職建築事務所的建築師，相貌可愛的她，一開口卻有出人意表說不出的強勢感。

她說，三十歲以前，也曾跟過五、六個男人交往過，但她在國中念女校體育課換衣服時，發現自己看到女同學換衣服，竟然會覺得興奮。「雖然我很早就意識到男人跟女人比，我喜歡女人多一些。但我也是媽媽的女兒，所以選擇當個孝順的女兒，符合媽媽的期望，但媽媽幾年前因意外過世以後，我好像就再沒有必要去隱藏我的真心。」後來，小櫻一路交往的就都是女朋友。

「我認知的愛是一種多元的型態，所以無論女女或男男之間，我認為跟一般你們所認定的異性戀沒什麼不同，無論哪一種組合，都一樣有聚散離合，都會遇到劈腿、背叛，如果所相信、渴望的愛是相同的，也就是另一半就會變成老伴，而彼此陪伴。」小櫻說，在愛情的面前，無關性別，如果真要問其中的差別，她認為是女性與生俱來的特質比較溫暖、細膩，會讓談女女戀的任一方，比在異性戀中覺得容易被理解，且受到更多的尊重。

　　小櫻繼續說，現階段女女戀的婚姻關係，雖然在法律關係上，尚未被認同，她和小米卻已有共識要相互陪伴對方到老，「愛是要學會捨棄自私，兩個人才能走在一塊。人都很自我，如果一段關係只想成全自己，就只會消磨掉彼此的耐性，愛苗終究也會熄滅。我不知道一輩子會有多長、有多久，但我卻希望我和小米在一起是超越婚姻關係的，兩個在一起若是美好，就是精彩；若是糟糕的，那就當作是經歷；重要的是我們在一起，成為彼此最親的人。」

婚紗之後

「拍婚紗，為彼此的愛，留下影像。」小米跟我們說，小櫻剛開始提議時，她並不認同。因為她有過經驗，她記得和前夫拍照那天，媽媽和她曾經有過一段對話：「我當時選了一頂層層疊疊蕾絲的頭紗，我覺得很美。誰知道頭紗一戴上去，我喊說：『哇，我幾乎看不清楚！』這時，媽媽卻很認真跟我說：『在婚姻裡，永遠不要隨便把頭紗拿下來。如果婚前妳不想把很多事情看清，婚後就更不需要看清楚。』」小米說，她當時還聽不明白媽媽的話，後來終於了解媽媽的話，話中有話。「美麗的頭紗，一輩子戴著，已經很累人，如果再加上什麼都看不清，就更是折磨人。」小米說，很多女人走進婚姻，被勸要睜一隻眼、閉一隻眼，才能獲得幸福，但她真實的體會是就算是完全瞎了眼、視而不見，老天爺也不會理解妳的瞎攪和，讓幸福從天而降。

「在搖椅上，兩個老太婆拿著婚紗相本，我們一起談論、回憶彼此的青春，這樣很棒，不是嗎？」和小米相比，小櫻相對懂得情趣，也會撒嬌。所以，小米最後終究被小櫻說服，只

不過小米拍婚紗的但書是和小櫻説好：兩人都不戴頭紗。「我不想和小櫻『瞎』眼以對。」小米開玩笑説。

　　拍照當天，小米剛上小學的女兒，也來到現場。當大家對於小女孩的反應，投以好奇眼神時，小米、小櫻、小女孩三人之間的對話，解除了我們的緊張。

　　小女孩：「櫻櫻姨，妳今天好漂亮，像是公主。」

　　小櫻：「哇，謝謝妳的讚美。」

　　小女孩：「媽咪，妳今天也是公主。」

　　小米：「是啊，女人穿上白紗裙都是獨一無二的公主。」

　　小女孩：「兩個公主都好漂亮，我都喜歡。我也想當公主，我可以和妳們一樣嗎？」

　　就這樣，小女孩也換上小花童的禮服，在兩人的婚紗照中，留下身影。

　　小米説，她剛跟前夫離婚時，也很苦惱該如何跟女兒解釋，後來她決定跟女兒坦白，「我問她：『媽咪和爸爸住在一

起，如果不開心，可以分開住嗎？』女兒想想問我：『那我住哪裡？』我說：『爸爸永遠是爸爸，媽媽也永遠是媽媽，我知道妳都愛我們，所以妳可以輪流陪我們。』女兒點點頭說：『好吧，這樣爸爸就不會經常被媽媽罵，媽媽也不會生爸爸的氣了。』反正，我的好朋友花花也是這樣，她的爸爸和媽媽也不住在一起，我至少比她好，她爸爸住在美國很遠，她只有放暑假時，才能去找他。」

至於小櫻，小米也試著跟女兒解釋：「櫻櫻姨，是媽咪的好朋友，妳不在身邊陪我的時候，如果媽咪想找人說話或是生病的時候，櫻櫻姨都會陪著我。妳覺得這樣好不好？」小米說，女兒點點頭馬上回：「好！我也喜歡櫻櫻姨。」，但隨即，童言童語的舉一反三問：「就像是我跟花花一樣嗎？我在學校，不敢一個人去上廁所時，她會陪我去。」

拍婚紗照前，小米說，她和小櫻兩人也有共識要告訴女兒。「我們覺得，現在的孩子處在一個訊息氾濫的時代，她們所能理解的事，超乎我們想像。我們期望對待她的方式，是以不欺騙為原則，隨著她的成長，用她所能理解的方式，適度的

做訊息的引導與告知。」小米說，她不期望她的選擇會被當老
師的媽媽理解，但她卻很有信心，未來一定可以讓女兒理解：
「我會告訴她，愛是多元，是平等的。無論它用哪種面貌出
現；是一見鍾情的愛、兩情相悅的愛、異性愛、同性愛，只要
是真愛，沒什麼不一樣。」

轉角遇見幸福

　　蔡依林表達支持「多元成家」的MV〈不一樣又怎樣〉中，她和林心如身上所穿的美麗婚紗，就是來自C.H Wedding 2015早春頂級手工刺繡婚紗系列。

　　當初這個案子來找我的時候，唱片公司的人小心翼翼透過朋友問：「不知道永婕會不會介意是女同志情節？」我一聽，整個人超生氣的，心想：「我有那麼封閉嗎？」二話不說，我一口答應。我愛我的同志朋友、同事！我也支持同志婚姻平權！如同MV概念所表達的一樣，「愛，不是抽象的信仰；愛，是人人平等的權利！」。謝謝，妳們讓我有機會，也為同志發聲。

6

我的完美女人

我參加過的婚宴不知多少，目前記憶度最高的大概就數強尼。因為當天我被安排坐在他的前女友桌，不過，先聲明一下，我從來不是強尼的女友，之所以坐在那，是因為他的前女友們，我大概每個都認識。看到這，千萬可別因為「一桌前女友們」，就誤會強尼是個花心的男人，因為接下來，我要說的其實是個「純情強尼」的故事。

我的朋友強尼，是一個立志要成為女人「好老公」的好男人。至於，什麼時候開始有這個想法？或是受到何種啟發？這個原因不詳，但從某年的新年，他在朋友聚會，大聲宣布了他的這個「好老公」的宣言開始，他的愛情故事，就如影隨形的跟著我，因為他跟每個女人交往，都會「以結婚為前提」的帶來C.H看婚紗。

強尼發表志願之後，就開始熱衷去學做菜、學插花，混在女人堆裡；加上他真正的職業是室內設計師，對於穿著、生活有一定的品味，所以他最大的困擾是經常被誤認為gay。不過，對於女人來說，強尼這樣的偽gay是完全無害的，所以他跟某幾個女友的交往開始，都是因為他這樣無害的特質開始的。

　　喜宴坐在我正對面的前女友——露露，就是其中的一個。

　　露露認識強尼時，她還是某台商的小三，和強尼在廚藝班認識，露露剛開始的確以為強尼是gay，所以不設防就跟強尼傾吐她的感情事，露露認識強尼時也不過大學剛畢業兩年，露露跟強尼說，她是大二暑假到台商公司打工認識台商，台商大她十四歲，原本她只是櫃檯接電話的工讀妹妹，有天台商的秘書突然家裡有事閃電請辭，臨時找不到接替的人，她就被調去幫忙，原本以為老闆應該很難伺候、小心翼翼，沒想到老闆人很隨和、客氣。加上露露覺得在老闆身邊工作，可以學到更多，所以她也就特別花心思注意老闆的一些小細節，果然老闆很快也就對她這個菜鳥另眼相看。

　　某一天，公司趕著要出貨，大家陸續下班，她留到最後離開辦公室，走到公車站牌，已經晚上十一點多了，露露正想攔計程車，身邊突然有一輛黑車停下，探頭的駕駛正是老闆，老闆問她：「住哪？怎麼回家？」於是，老闆便順路送她回家。

　　這樣的巧合加偶然，連著發生幾次之後，順路就變成藉口，有時老闆找她吃宵夜，有時老闆帶她去看電影，有時帶她

去海邊看浪花……。巧合加偶然催生下的必然，露露就變成了老闆的女人。大二暑假開學，老闆順理成章要露露離開公司，本來還安排她出國念書，要露露放棄原來的生活，只做他「專職的地下情人」，後來因為老闆老婆發現而作罷，露露一夜從清純的女大生變成老闆娘口中的狐狸精小三。

本來，露露還有點愧疚，想說還是跟老闆分手好了，但沒想到老闆老婆不放過她，歇斯底里到學校檢舉她介入別人家庭，害得露露在學校被人指指點點，最後只好轉學，這一來讓露露氣不過，不願意主動息兵。

不退出，就得忍受等待的難堪與折磨，誤把強尼當姐妹淘之後，露露經常在夜半寂寞時打給強尼，或是在夜店喝醉後打給強尼，收拾殘局。強尼陪著露露笑、聽著露露哭，久而久之，竟然對露露有點動心。認識半年後，兩人在酒精催化下竟然上了床，後來強尼告訴我，隔天酒醒，露露開口問他的第一句話竟然是：「原來你不是gay？」讓他哭笑不得。

後來，為了不讓強尼變成小王，露露終於主動跟老闆分手，結束了小三的愛情，正式和強尼在一起。人算不如天算，

三個月後，老闆的老婆竟然願意與老闆離了婚，正式結束婚姻
的老闆，回頭又來找露露，老闆畢竟是露露的初戀，露露在舉
棋不定下，瞞著強尼開始劈腿，周旋在兩個男人之間。更離譜
的是後來露露發現懷孕了，才吞吞吐吐告訴強尼，懷了老闆的
孩子。於是，強尼只好提出分手，退出這場混戰。

強尼說，這段愛情開始於同情，結束於劈腿，「她畢竟太
年輕，禁不起誘惑。而我對她，好像也沒有深刻的感情。」這
是強尼對於這段愛情下的註解，所以他和露露和平分手。露露
小孩滿月，「純情」強尼還去參加了露露跟老闆的結婚兼滿月
酒，還推薦她跟老闆來C.H拍婚紗照。

再來，同桌逆時針坐在露露旁邊的的前女友，小惠。

小惠和露露的對比差，從穿著上就可以清楚看到，如果形
容露露是長髮的校園氣質女大生；小惠就像是啤酒屋裡活潑的
「酒促妹」。不過，小惠真實的身份並非賣酒的，而是醫美的
小護士。

小惠第一眼也覺得強尼是gay。理由很簡單，強尼去小惠

診所那天，其實是陪一個男性gay朋友去打肉毒。強尼説，他真的深切感覺到小惠對他投以「我知道你是gay」的眼神，基於前車之鑑，他不能容忍許小惠的質疑，趁男性朋友去上廁所的空檔，馬上正色對小惠説：「別誤會，我不是gay，我喜歡女生，而且色得很。」

小惠被強尼逗笑了，回強尼：「所以，這是跟我搭訕？」強尼也不示弱地回：「那我約妳喝咖啡，去不去？」小護士也要狠回：「我明天休假，怕是你不敢來。」兩人的第一次約會就這麼開始。

也許就是這樣的性格，強尼和小惠進一步交往後發現，小惠的嗜好和一般同年紀的女孩很不同，她不喜歡曬太陽、逛街，放假要不就是宅在家睡覺、打電動，要不就是和朋友相約打牌。但最令強尼納悶的是，小惠大概每隔兩三個月會突然失蹤幾天，完全找不到人。幾次問小惠去了哪裡？她都只是吞吞吐吐搪塞：「回南部。因為媽媽突然身體不舒服，臨時回去看她」。強尼關心地往下問，小惠就轉移話題，不願意多説。

後來，是因為小惠欠了一大筆百萬的賭債，高利貸公司的

人天天找上門，紙包不住火，小惠才向強尼求救。強尼也才知道，小惠每次失蹤幾天，不是回南部看媽媽，而是去參加澳門的賭博團。剛開始去，小惠總能贏幾千塊美金回台灣，後來膽子愈來愈大，卻愈輸愈多，開始借高利貸。

強尼幫她解決百萬賭債之後，小惠答應強尼戒賭。甚至，幾個月來，朋友三番兩次找她打牌，小惠一次都沒打過外，就連假日休閒，也陪著強尼到郊外踏青、曬太陽，兩人還一起上健身房運動。這期間，強尼也帶過小惠來C.H看婚紗，強尼在店裡遇到我，還跟我說：「真命天女應該就是她。」強尼帶小惠見過父母，也準備那一年的情人節跟她求婚。

只是沒想到，情人節的前一天，小惠臨時打電話跟強尼說，家裡有事，要回南部幾天。然後接著幾天完全聯絡不到她。強尼不想錯過情人節的求婚，只好找到小惠診所的同事，問到了小惠南部家裡的住址，立刻開車南下，但小惠根本沒回家。小惠的媽媽，早就過世，老家只有爸爸和他再娶的後母，後母告訴強尼，小惠很少回家看爸爸，應該是很不喜歡她的緣故。

滿肚子狐疑的強尼再見到小惠，是情人節過後上班日的前

一晚，强尼臉色鐵青的問小惠：「南部家裡狀況如何？」小惠還繼續扯謊說，媽媽住院，這幾天回南部都在醫院陪媽媽，所以很累。為了證實疑問，强尼趁小惠去洗澡時，偷看了小惠還沒來得及收好放在包裡的護照。根據護照的出境日期、記錄，這三天小惠如同强尼所猜測，正是去了澳門。過幾天，小惠以媽媽生病為由，跟强尼借錢。强尼在借了小惠最後一筆賭債後，他跟她提了分手。

强尼事後跟我說，如果當時小惠不說謊，他應該不會提分手。我聽了匪夷所思吐槽他：「那小惠直接坦白跟你說，她要去澳門賭博就可以嗎？」沒想到，「純情」强尼竟然回我：「錢可以解決的事，我不在意，但她怎麼可以說謊？」我真的徹底被强尼打敗！

接下來的前女友，花花。

强尼認識花花，是因為他幫她們家設計經營的花店。强尼是先認識花花的媽媽，花媽覺得强尼體貼、脾氣好，又有生活品味，工作事業也小有成就，是不可多得的女婿人選，於是主動把女兒介紹給强尼當女朋友。

　　只是花花，人如其名，嬌貴如花一朵，獨生女，從小在家被當公主養，雖然脾氣不算是太驕縱、難相處，但花花卻有某些執著的點，讓人很難理解。

　　例如，她規定強尼，兩人如果出去吃飯，去的餐廳，菜單上要是單人套餐1500元以上價位起跳的餐廳，低於1500元的餐廳不吃；強尼說，花花在短短兩週之內入侵他的生活，甚至企圖改變他的生活模式。

　　剛開始認識一週，花花就請人搭配了好幾套衣服、西裝，送到他辦公室，希望強尼跟她約會時，服裝上兩人要可以匹配；第二週，強尼收到新車鑰匙，花花希望跟她交往的男人要開名車，強尼心裡也清楚，他和花花兩人在價值觀上有很明顯的落差。

　　不過，這些並沒有讓強尼打退堂鼓，他努力調整自己去配合花花，甚至催眠告訴自己說：「改變也沒什麼不好。」所以，他讓兩人餐餐吃著昂貴的食物、穿名牌、開名車，甚至在交往了半年後，花花生日時，他買了一克拉的鑽戒，準備要跟花花求婚。只不過，花花看到鑽戒，卻絲毫沒有高興的表情，

只是冷淡的跟他說：「我以為我的婚戒，會是鴿子蛋呢。」一句鴿子蛋，讓強尼終於夢醒，也不得不承認了自己跟花花是兩個不同世界的人。

於是，強尼跟花花做回了普通朋友，做回自己。

但一段又一段失敗的戀愛，讓強尼每每在酒過三巡後，難免心傷又鬱悶，他自我解嘲：「國父革命不也只經歷過十次失敗，我都快集滿失戀貼紙十枚了，如果集滿，我拍婚紗照那天，賈老闆可以幫我打折嗎？」我一方面安慰他，「真愛需要等待。」但一方面卻又覺得強尼在愛情上的遇人不淑，多少是因為他「想婚」的錯覺造成的，雖然，成功是留給準備好的人，但以愛情為基礎的婚姻緣分，又不是全然的準備好就可以擁有的。

之後的幾年間，幾次聚會，總會聽到強尼的戀愛進展，或是我在婚紗店遇見他帶不同的女伴來C.H看婚紗，但一次又一次、一年過一年，我發現強尼逐漸是打消了結婚的念頭。「我這樣以結婚為前提談的感情，好像怎麼都不對，要不就嚇跑人家，要不就是吸引一些根本不能娶的女人。我，累，了。」於是，

强尼啓動他「不婚男人」的單身模式,改變磁場、徹底轉念。

他告訴我他的理論是:「既然沒有出現一個女人,值得我為她停留,那我又何必為了一朵花,放棄整片美麗的花海?既然成不了好丈夫,那就當個真男人吧。」以前,强尼總是出沒在廚藝教室、插花課的女人堆裡,場景一轉,强尼夜店出沒,但依舊是混在女人堆裡找機會。

至於,瀟灑的真男人比較吸引女人?還是溫柔的好丈夫比較有魅力?這個問題,强尼在珍妮花的身上終於找到了答案。

沒錯,珍妮花,正是今天晚上喜宴的新娘。不誇張,稱讚珍妮花是男人眼中的「女神」,身為女人的我也很認同。就像今晚,大門一開,新郎新娘一起走出來,新娘的耀眼奪目幾乎閃到賓客看不到新郎,强尼條件雖好,但站在珍妮花旁邊,卻變成了美女與野獸。我還記得强尼帶著珍妮花來店裡,跟我大聲得意的宣布婚訊時,我還糗强尼說:「你確定你101次求婚,成功了嗎?還是又來亂的。」

試婚紗新娘換穿的空檔,我忍不住好奇問:「快快快報告

一下，怎麼追到她的？」強尼雖然嘴巴罵我沒禮貌，但可以看出他的得意，他説：「其實也沒什麼特別，就把她當一般女人追，約她看電影、吃飯，在家下廚做菜，一起上健身房運動，每天打電話或發發Line噓寒問暖，不就這樣。不過，連妳這種女神級的都覺得珍妮花是女神的話，那我還真是撿到寶了。」

強尼用「撿」這個字，其實再貼切不過。他和珍妮花是在夜店遇見，是在一個客戶的生日聚會上，強尼説，他到場的時候，珍妮花應該是將近喝茫了。因為燈光有點暗，加上初次見面也不好意思盯著她看，所以也不覺得她是什麼女神級的妹。而珍妮花對他，應該也不是有什麼特別印象。後來是夜店聚會要離開了，她看見珍妮花一臉茫然在離門口不遠的地方招車，一臉招不到車的焦慮。於是強尼主動停車問她：「去哪？要不要順便送妳？」強尼原本以為珍妮花醉了，沒想到她眼神迷濛的回：「你沒喝酒？你哪能送我？」

「我沒喝喔，出來玩這點規距是要遵守的。」

「沒喝？哪有人來夜店不喝酒的。」

　　「我等等還有會要開，今天只是專程來送生日禮物。所以，小姐妳到底要不要上車？」

　　珍妮花又試圖招車，沒想到幾輛車從她眼前疾駛而過還是沒停下來。珍妮花猶豫了一下，想想還是上了強尼的車。

　　「我是Johnny，剛剛聚會上介紹過，不過應該還是不記得我的名字吧！」

　　「我是Jenny。熟的朋友叫我珍妮花。你不是還有工作？不用麻煩，只要載我到好招車的地方。」

　　「既然都送妳了，新竹以北都順路。」強尼説。

　　於是，兩人的初相識是從回家的路程開始。巧合的是強尼要去內湖工作室開會，珍妮花家就住內湖。所以她也就不好一直推辭要下車，雖然路程很短，兩人也有進一步的認識。珍妮花是空姐，老家住台南……。不過，直到珍妮花下車，彼此都沒有留下聯絡方式。

「沒留下聯絡方式？那你怎麼追人家？」我問。

強尼說，珍妮花下車後，他的確十分扼腕，「我真的，忘了！但也來不及追上去要，只好安慰自己，有緣會再相見。」

一個月後，在東京回程台北的飛機上，沒想到再度遇見珍妮花。

「飛機上，我先看到她，她正端著茶水飲料為客人服務，我驚訝到傻眼，那一瞬間，她笑起來的那個無敵笑容，我都快融化了，心臟撲通撲通跳。下飛機時，我塞了我的聯絡電話給她。」強尼說，飛機上偶遇之後，他相信有些緣分的發生是必然，但兩個禮拜過去，他「當然」沒有接到珍妮花的電話。

「這時候，我開始想要找她，可是夜店聚會的客戶剛好出國，打去航空公司問，碰了個釘子說個資法無法透露。連續幾天我去送她下車的家門口等，也沒等到。結果，我正想打消念頭時，就在我們公司旁邊的星巴克，我得來全不費工夫的再度巧遇珍妮花。遠遠的我看到珍妮花拖了個小箱子，穿著空姐的制服正在買咖啡。」

連續偶然的相遇，兩人也終於互相留了聯絡方式。他們先是從聊Line開始，最初強尼發訊息珍妮花要不沒回，要不是幾天後才回。直到強尼有天丟了一個展覽訊息給珍妮花，珍妮花突然有了回應，兩人Line上聊著聊著發現有共同的興趣，就越來越投緣了。

　　「後來交往，我才發現她其實很宅，我最佩服她的是如果不上班，她可以連續一週以上不出門，在家睡懶覺睡三天。她在人前，穿上空姐制服的確是女神，但在私下或在家根本是魚干女一枚。」強尼說，跟珍妮花在一起，他可以是完全自主的大男人，不用小心翼翼、也不必挖空心思，一點一滴愛的累積，都在日常生活，陪伴相處的平凡日子裡，沒有驚心動魄的吵鬧，也沒有一把鼻涕、一把眼淚的戲碼，兩人的愛情像空氣、像水一般的存在，餓了吃飯、渴了喝水，可以很實在的感受到彼此對彼此的需要，彼此對彼此的重要，沒有一點勉強。」強尼說。

　　因此，在經過兩年交往、半年試婚後，兩人終於結婚了。也終結「純情強尼」這一段歷經八年、十次分手之多的尋愛之旅，我笑著跟強尼說：「C.H不是只有可以拍婚紗照，等珍

妮花懷孕，可以來拍裸身大肚照，寶寶生出來，可以來拍寶寶照、全家福，所以隨時歡迎你們一起大駕光臨。」

婚紗之後

強尼的喜宴上，據說除了一整桌是強尼的「前女友們」之外，另外一整桌坐的是珍妮花「悲傷的追求者」，這群追求者，大多也都曾出現在，三年前強尼與珍妮花遇見的那個夜店生日宴裡，收到喜帖的男士們，都是錯愕與不解，被他們奉為「女神」的珍妮花，為什麼被戀愛運超差的強尼娶回家？他們都跟我第一次見到強尼牽著珍妮花的手，來婚紗店告訴我要結婚一樣，好奇的臉上寫滿了問號。

我問過強尼，怎麼追到珍妮花？也偷偷問珍妮花，到底她怎麼會跟強尼在一起？因為以珍妮花的條件，想追她的人真的是一堆，比強尼條件好的男人，更是不會少。

「我……我……我其實也不知道怎麼說，一切就像是偶像劇裡寫好的劇本，就朋友生日趴\Call我去，當天我下午才飛回台北，其實很累，沒想到他們好像說好一般，一直猛灌我酒，

137

我心裡實在覺得很不爽，所以找藉口開溜。沒想到，運氣又不好，怎麼都攔不到車，在夜店外罰站了好久，結果強尼停下車，問我要不要搭便車？剛開始我以為他跟其他混夜店的無聊男子一樣，只是藉機搭訕，沒想到，他直到下車，竟然都沒有跟我要電話，讓我印象深刻。」

珍妮花接著說：「後來，我們在飛機上遇到，他叫我的時候，我驚訝到說不出話來，下機時，他塞了聯絡方式給我時，我就覺得有點開心，當時臉頰還熱熱的。但後來，紙條，放在制服的口袋裡，我忘了拿出來，所以紙條就被洗衣機洗爛了。我心想，天意吧！我畢竟是女生，反正也沒有什麼理由或藉口主動聯絡男生，洗爛了也就罷了。」

後來，在星巴克買咖啡，又遇到了。珍妮花說，她突然覺得有某種不可抗拒的力量，把兩人硬牽連在一起，「看了不少偶像劇，我以前總覺得『偶然』、『巧遇』都是戲劇編劇刻意的安排，但和強尼間諸多無法解釋的偶然變成必然，我的人生，也因此而改變了。」

珍妮花跟我說，因為空姐工作的關係，雖然她每天會遇到

很多陌生人，在她身邊來來去去。但其實她是屬於慢熟的人，不太知道怎麼跟不熟的人聊天，一直以來，她身邊出現的男生，要嘛，把她當女神，覺得她很有距離，不敢靠近；要不就是極盡奉承的，在她身邊嗡嗡嗡的轉。她剛開始，無法歸類強尼是哪一種，而且，男生塞紙條要她主動聯絡的，強尼是第一個。後來，兩人開始聯絡，剛開始也沒有打電話，多半都是在Line上聊，讓她沒有壓力，反而兩人越聊越熟悉，越來越好。

後來真的交往了，強尼也沒把她當女神。「我有一次在家睡了三天，強尼來敲我家門，我迷迷糊糊打開門，看到我家一片亂，他竟然像我爸一樣罵找說：『沒見過這麼懶散的女生，這樣誰敢娶妳？』接著強尼就開始幫我打掃；打開冰箱，發現我的冰箱裡只有過期的鮮奶和蘋果，他生氣跟我說：『妳到底是怎樣活著？沒吃東西，也可以在家裡睡得如此香甜？』於是，硬拖著我出門，到超市採買。」珍妮花說，聽到強尼這樣邊打掃、邊碎念她，然後再打開採買滿滿食物的冰箱，讓她覺得好幸福喔。

「跟他在一起，我覺得安心、自在，不管我有多邋遢、沒化妝，想哭、想笑，在他面前我都可以原形畢露，不用擔心他

怎麼看我。但以前交往過的幾個，一般人眼中所謂擁有「好條
件」男友，並不是這樣。我跟他們在一起很有壓力，為了討好
他們，在他們面前我要硬ㄍㄧㄥ出一個他們認同的完美形象，
但其實我會放屁、會大便也會挖鼻孔。約會時，我不喜歡上高
級的餐廳吃飯，不喜歡男生送我鮮花，也不喜歡參加Patty。放
假時，我只喜歡在家睡覺或是斜躺在家裡的沙發，喝啤酒、看
DVD或是看球賽。」

　　最後，珍妮花還自己下了一個結論，「我是腦子簡單的
人，強尼讓我知道愛一個人就只是兩個人一起過日子而已，我
們不用因為在一起，而要去遷就，改變原來的自己；我們偶爾
會吵架、會對事情的意見不同，但我們會和好、會尊重對方的
想法，重要的是往後的每一天，我們還會陪伴著對方，一直幸
福的過下去。」

轉角遇見幸福

　　我常覺得能夠遇見一個人，從愛情走進婚姻，這樣
的事是努力不來的，甚至還需要一點運氣。

　　我們可以努力讀書，努力學習、努力賺錢。唯獨
愛情這個選項，一個人努力，不夠，兩個人得一起努力
才行。但如果一個太過努力，一個追不上，也可能招致
反效果，所以要像我們玩過的「兩人三腳」遊戲一般，
被綁緊緊的那一雙腳，要靠彼此的摸索，找到相近的頻
率。而各自的另一腳，平日雖然還能保有自主的自由，
但如果兩人一旦決定向前，彼此更要在適度的妥協中，
找到餘地，才有邁開步伐往前的可能。

　　所以，何其幸運啊！剛剛好的兩個人，愛情從偶然
開始，決定牽手，然後進入到婚姻，開始一段奇妙的人
生旅程。

7

在愛裡，勇敢愛

推門的女子，約莫三十歲，一頭過腰的長髮，高、瘦，加上掛在臉上很有特色的丹鳳眼。所以站在櫃檯接待過她的業務Ann，遠遠的就認出她來。

「歡迎光臨！」Ann正想往下接話時，女子很快給了她一個眼色。跟在女子身後進門的是一個五十多歲的外國人，老外很自然的坐下，就摟摟女子、充滿愛意的輕吻女子額頭，然後對著大家說：「I want to give my wife the most beautiful wedding dress in the whole world.（我想給我老婆，全世界最美的婚紗。）」

坐定後，女子用熟客的口吻問：「那個留鬍子的攝影師，現在還在你們這邊工作嗎？」然後又有點不好意思地說：「我三年多前結婚時，就是在妳們店裡拍婚紗照，很喜歡妳們的婚紗和攝影，所以這次又回來找妳們。」接著兩人一邊翻著目錄、一邊詢問一些相關細節。過了一會，女子抬頭，用請求的眼神對Ann說：「他聽不懂國語，不知道我結過婚，拜託你們不要告訴他。」Ann立刻朝我投來眼神，我輕輕點頭，讓她請客人安心，我們絕對不會多嘴的。

幾天後，婚紗試裝，一行人準時出現，但這次陪她來的，

除了外國老公之外，還有新娘的媽媽。

新娘的媽媽在試衣的空檔，把Ann偷偷的拉到旁邊說：「小姐，拜託妳們千萬不要讓我的阿度仔女婿發現，心怡已經結過一次婚，心怡好不容易可以再有幸福的機會。拜託妳們一定要幫幫她。」

原來，丹鳳眼新娘叫做心怡，三年多前結第一次婚時，她是剛從大學畢業的新鮮人。與第一任老公Roger是在學校的畢業舞會一見鍾情，兩人雖然愛到難分難捨，但畢業後，家境優渥的男友Roger按計劃，就要被父母送出國深造，等到學業完成，回國接班家族事業。兩人不想分隔兩地，心怡也擔心遠距離的戀愛，帥氣、多金的愛人會變心，所以她主動跟Roger求婚：「我不要跟你分開，你出國也不知道要多久才會回來？我們結婚好不好？你帶我一起去啦！」接著心怡拿出預先準備好的對戒，把Roger套牢。

兩人從熱戀到決定結婚，其實只有短短的八十天，雙方的父母雖然都有疑慮，但拗不過兩人的堅持只好點頭。婚禮辦得風光隆重，讓小康之家長大的心怡，覺得自己未來真的就會像

童話故事裡的公主，從此和帥氣的王子過著幸福快樂的日子。

婚後，來不及度蜜月，美國的學校已經快開學。心怡於是和老公遠赴NY，開始新的婚姻生活，剛開始，新婚加上離鄉背井，兩人的確過了一段只有彼此、相依為命、相互扶持的日子。但隨著Roger慢慢適應學校生活，朋友愈交愈多，越來越忙，Roger後來就經常以在學校自習為理由，愈來愈晚回家。要不就是回到家，累到倒頭就睡。慢慢的，每天在家等老公回家的心怡，越來越不能理解老公的晚歸甚至不歸，於是開始抱怨、啐念Roger，兩人見面爭吵次數愈來愈多，Roger後來乾脆躲著心怡。

Roger也不是沒有和心怡溝通，幫她安排去上課、或是介紹新朋友給她認識，但心怡不是興趣缺缺、就是覺得和Roger的朋友格格不入。久而久之，聚會邀她，她就找理由不想去。如果Roger單獨赴約，心怡就會在家看著時鐘數數，一旦過了約定時間，Roger的電話就會開始響個不停。剛開始Roger被朋友嘲笑，慢慢的他對於心怡的奪命連環叩也很反感。最讓Roger受不了的就是心怡每天檢查他的電話訊息，疑東疑西，要他如實交代，搞得他都快精神分裂。

那一年，NY持續大雪、低溫；那一晚，心怡高燒不退，昏沉中打了整晚Roger的手機，手機始終無人接聽。無助之中，心怡撥了電話回家，電話響了幾響，一下就接通了。「喂！找那位？」聽到媽媽熟悉的聲音，心怡馬上掛斷電話，崩潰大哭。那一晚，她好想家，孤單到她第一次想離開、想放棄……。天亮之際，心怡慢慢退燒，那天Roger一直至中午才回到家。進家門的Roger，不但沒有發現心怡生病，自己更是一臉疲憊，Roger在床邊坐下搖搖假裝睡覺的心怡，心怡背對著Roger，眼淚卻撲簌簌的止不住。

　　「心怡，我知道妳是醒著的，我有話要說。昨天晚上我喝醉了……，做了對不起妳的事，她是我同班的女孩子，我和她上床了。」Roger說的很小聲，就像是自言自語。

　　沉默了一會，Roger繼續說：「心怡，我不知道從什麼時候開始，我們之間變成了這樣？你知道嗎？我們每天……每天的日子，彼此不是相愛而是相逼。這種種讓我快喘不過氣來了，我現在已經不知道自己是不是還愛妳？」說到這裡，Roger也哭了。

　　深呼吸一口氣，Roger繼續說，「心怡，謝謝妳這一年多的

陪伴與照顧。但是我真的沒有辦法跟妳繼續了。對不起！」

「至於妳要回台灣？亦或是要繼續留下？我尊重妳的決定。房子留給妳住，我會搬走，至於贍養費，妳也一併考慮提出一個數目，我會儘量滿足妳。至於，爸媽我會去解釋，取得諒解。」Roger的決定，心怡沒有反對。那天直到Roger離開，心怡都只是靜靜的躺著，沒有起身。眼淚停止了，不知道何時睡著了。

接下來的日子，心怡每天都在睡睡醒醒之間度過，思考、心情都進入休眠狀態，一切也彷彿停格，沒有太多情緒，假裝好像一切都不曾發生過。直到春天，融雪了，媽媽在機場的一通電話，才讓心怡的冬眠結束慢慢地甦醒。清醒面對現實，Roger毫不猶豫地離開她，只留下可觀數字的錢給她。

媽媽專程飛來看她，在媽媽面前，她沒有掉一滴眼淚，反而媽媽在責怪Roger時，心怡還故作輕鬆説：「我不怪他，是我自己好傻、好天真。」邊説還邊笑。知女莫若母，媽媽只是握著她的手跟她説：「心怡，妳不要硬撐，跟我回家吧！離婚不是什麼丟臉的事，媽媽年紀也大了，回來陪陪我。」

記不得有多久，沒好好看著媽媽的臉，跟她好好說話，好好關心她，上大學、談戀愛到結婚，好久好久了。看著此刻為自己愁容憂心的媽媽，心怡覺得好對不起。因為不管她的世界、生活怎麼改變，只有媽媽從來沒有走開，一直都在。

但不管媽媽如何哀求。回台灣，始終不在心怡的選項裡。也許是個性不服輸、也許是還在等待什麼，她告訴自己，一定是要不掉一滴淚、一定是要讓自己回到完好的狀態下，她才可能回台灣。只是心碎並沒有解藥，壞掉的心要如何開始？何時會好？怎麼好起來？根本連她自己都不知道。

決定為媽媽振作的那一天，開門走到院子，心怡差點被門口倒地的盆栽絆倒，原來住在這個家一年多，她連盆栽裡種的是什麼都沒注意。甚至，回想認識Roger以後，她只有一心一意的想嫁他，她的世界裡只有他一人。她每天洗手做羹湯等他回來，甚至想趕快為他生孩子，一起成為爸爸、媽媽，一起養育兩人愛的結晶。她全心的付出，只想要Roger給她更多的愛，更多的陪伴。為他，她忽略了媽媽、朋友，忘記了自己曾經也有的夢想，甚至忘記了Roger之外的世界有多大。

春天來了，盆栽冒出了新芽。她告訴自己：該去看看Roger不在的世界，自己會是什麼模樣？

心怡很快在一家網絡公司找到工作，新工作的適應，費了她一番工夫，畢竟，這算是她畢業後第一份正式的工作。還好新公司同事很友善，願意教她。她也加倍的努力，除了經常自告奮勇留下加班，甚至同事不願意出的差，她都舉手代勞，長時間投入工作，讓心怡從中獲得很大的成就感，臉上也慢慢找回了笑容。

丹鳳眼東方人特殊的臉孔，加上工作上的勤奮，心怡自然引起了公司老闆的注意。進公司短短不過八個月，心怡就被調升為特別助理。和老闆Sam也有更多接觸機會。在很多人眼中，Sam在公事處理上的冷靜、果斷、不帶人情，渾身散發一股讓人害怕的氣息，不容易親近；但怪的是，心怡偏偏就不這樣覺得，每當她遠遠的看著高高胖胖的Sam在辦公室走動，總讓她有一種說不出的安定感。

因為不害怕Sam，所以Sam每次在辦公室發脾氣大暴走時，心怡就是那個管它三七二十一「敢」走進老闆辦公室、收拾殘

局的人。這時心怡也總是遞給他一支棒棒糖，作為句點。

　　第一次遞棒棒糖給Sam，心怡永遠記得Sam看到棒棒糖，臉上一副不可置信的表情，Sam問：「Why not a cup of coffee？Why the lollipop？（為什麼不是一杯咖啡？而是它？）」當下，心怡也不知那來勇氣，毫不思考地鬼扯說：「Lick the lollipop, and　you will feel the happiness, trust me. This is the secret of happiness that my mother told me.（吃完這支棒棒糖，你就會覺得幸福，不信試試看。這是媽媽告訴我的秘方）。」

　　沒想到，Sam竟然真的當著心怡的面，打開棒棒糖吃了起來，也許是覺得滑稽，Sam邊吃邊笑說：「You are really special.（妳真是一個特別的女孩！）」。

　　說到這段兩人種下緣分的開始，心怡露出甜甜的微笑，我想找到幸福的開始，真的就如同舔著一支棒棒糖一般，越舔越甜，越吃越值得回味。

　　轉眼間，春天、夏天、秋天過去，NY又到了低溫、大雪的冬天。在辦公室時，心怡總是儘量讓自己笑的開心、回到家

大部分時間開啓睡眠模式、倒頭就睡。剛開始，到了特殊的節日，心怡總以為自己會傷心大哭，但，不但沒有，她還連眼淚都擠不出來，這是在Roger離開後發現的，她忘記傷心該怎麼掉眼淚了。開心笑、生氣笑、難過也笑、感到孤單更是只有笑，那反而是心裡一種好深好深的悲哀。

一個月前開始，媽媽一天一通電話打來，希望她回家，心怡沒有答應媽媽的請求，雖然心裡覺得對不起。「媽，我現在的工作，我很喜歡，也從中得到好大的成就感，剛開始我也許是因為好強，不想面對別人。但現在，我並不是怕丟臉而躲在這。我是為了自己而留在這。再給我 點時間，媽，我一定會回家，好好的站在妳面前。」

所謂的久別重逢、分手、再見，都是毫無預警、更不會是敘舊。雖然已經在心裡面綵排過無數次，但真正遇到了，才會知道是另一個絕處逢生。那一天，心怡趕到聚餐餐廳時，已經有點晚，要不是她是十二月的壽星，加上同事的奪命連環call，企畫案只完成一半、加上外面大雪下不停的天氣，她是絕不可能趕去餐廳的。從計程車下車，才一轉身就在餐廳門口遇到了Roger，那是個正面相望的距離，臉上不可能是毫無表情的。

「心怡」Roger先開口叫住她。

「好久不見」心怡腦子一遍空白，當時她嘴裡，勉強可以擠出來的字彙，就只有那四個字。

Roger身邊帶了一個女伴，他落落大方的介紹說是好朋友。甚至還跟女子介紹，心怡是她的前妻。過程中Roger還問了心怡：「為什麼沒有回台灣？……現在在做什麼？……」整個見面寒暄的過程，只有短短一分鐘不到，後來Roger就說另外有約，已經遲了，帶著好朋友沒有任何留戀，就坐上車。

Roger旋風般出現，旋風般離開之後，心怡過了一會，才回過神，除了「好久不見」之外，她不記得自己怎麼回答Roger的提問。甚至，當Roger在陌生人前介紹她是「前妻」時，她也不知道當時自己臉上的表情是什麼。不過，這樣的重逢版本，從來都不是心怡在腦子裡預演過的，她想不到他介紹她的身分是「前妻」時，如此理所當然。

儘管力求鎮靜，快步走進餐廳。心怡的心當然是混亂的。那一晚，心怡藉著自己是壽星，大方拿著酒杯要每一個人乾

杯，到老闆Sam面前，心怡帶著幾分醉意，甚至大聲跟Sam說：
「I told you that licking the lollipop will make you happy was just a joke. But I am the birthday girl today, so you can not get mad at me. （我告訴你，『吃棒棒糖會幸福』是我瞎掰出來的。但是我今天是壽星，你不可以生氣。）」心怡的表現，看在Sam眼裡很不尋常。餐會結束時，心怡當然是已經醉得步伐蹣跚。Sam要司機送心怡，沒想到喝醉的心怡硬拉著Sam上車，一直吵著要他買棒棒糖給她吃。

不過，才上車心怡就趴在Sam身上睡著了，直到心怡家門口，Sam看心怡睡得正熟不忍心叫醒她，於是他讓司機坐計程車回去，讓司機把車子留給他開。在心怡家門口，不知道等了幾個小時，心怡醒了。發現自己竟然趴在Sam身上睡著了，急忙跳了起來，打盹的Sam也醒了。

「Sam I am so sorry, I am just too happy If that caused you trouble, I apologize. （Sam十分抱歉，我今天玩得太開心了，所以給你造成困擾了。）」心怡幾乎是把頭埋在大腿上，紅著臉說的。說完，就打開車門像是闖禍的孩子，一溜煙的跑回家。但心怡這個害羞的舉動，反而讓Sam更覺得有趣。

心怡回到家，酒醒了大半，人異常清醒，洗澡出來時，手機中已有Sam傳來的簡訊：「Have a good rest, I'm looking forward to seeing you on Monday. （好好休息，週一期待見到妳。）」看到簡訊，心怡竟然不自覺臉紅，心想：「糟糕，今天笑話鬧大了。」

　　不過相較於對Sam的懊惱，與Roger不期而遇的震撼，更讓心怡輾轉反側，「算算時間，他不是早就應該回台灣？……看起來，離婚後他過得不錯嘛；他竟然大方在人前，稱我前妻……。我為什麼會抖個不停？……為什麼胸口覺得悶悶的？為什麼我還覺得難過……我還在期待什麼？」心怡就這樣自問自答，到了天亮才慢慢睡著。

　　也許是心裡築好的防線一下被瓦解，也許是昨晚喝了太多酒，心怡整個週末睡睡醒醒，起不了床。到了週一早上，更是怎麼都起不來，整個人好像回到Roger剛離開的「冬眠」狀態。

　　不確定過了多久，直到家門口的門鈴響起，心怡剛開始不想理會，枕頭搗耳，翻身繼續睡，不知道又過了多久，電話、門鈴輪番響個不停。心怡這才從床上坐起來，睡眼迷濛的看看窗外，但窗外一片漆黑，只聽到刺耳的門鈴依舊響個沒停。心

怡喃喃自語：「天都沒亮呢，誰來按鈴？」

心怡從對講機影像上好像看到了Sam，揉揉眼睛不敢置信，對著對講機問：「Who are you looking for？（你找哪位？）」

對講機傳來Sam焦急的聲音：「I am Sam, Are you Yi？Thank God, finally I found you! Can you open the door？I just want to make sure you are fine？（我是Sam，心怡是妳嗎？謝天謝地，終於找到妳了！妳可以打開門嗎？讓我確認一下妳是否OK？）」心怡硬著頭皮，幫Sam開了門。

「Thank God, you look all right.（謝謝上帝，妳沒事，太好了！）」Sam一進門看見心怡，就一把熊抱住她，突如其來的舉動，也讓心怡嚇了一跳。等回過神時，心怡的臉頰發燙問：「Why do you suddenly come to me？（Sam你怎麼突然跑來找我？）」

「You didn't come to work and didn't call in, I worry about you.（妳幾天沒有去上班，也沒有請假，我當然很著急。）」Sam說完，摸摸心怡的額頭確認：「You don't have a fever.（還好，沒有發燒。）」這才放開了攬在懷中的心怡。

　　也許是心怡臉上露出的神情太過疑惑，或是怕自己行為太過突兀，引起誤會，Sam急著解釋，為什麼大半夜來敲門的原因：「I have tried to ask other colleagues to contact you, but they can not reach you. It's been three days. As a boss, I think that I should make sure everything is ok.（我有試著請其他同事找妳，但都找不到妳。都三天了，我想一個老闆應該主動關心員工……所以才直接來找妳。）」Sam越說越尷尬，有點越描越黑的心虛。

　　「Have you been home for all three days？（妳三天都沒出門？）」Sam問。

　　心怡點點頭。

　　「Did you get sick？（身體不舒服嗎？）」Sam問。

　　心怡搖搖頭。

　　「Then, What happened？（發生了什麼事？）」Sam問。

　　心怡沉默了好一會才搖搖頭。

「Hungry now？（肚子餓不餓？）」Sam問。

心怡點點頭。

Sam起身，走向廚房。不到十五分鐘，一碗熱騰騰的麵端到心怡面前。「I am so hungry（我肚子好餓。）」心怡邊吃，眼淚竟不自覺的邊掉下來，但臉上卻又露出笑容。又哭又笑，搞得一旁的Sam也奇怪莫名。

「Thanks, this is really delicious.（謝謝，真好吃！）」心怡當然不會告訴Sam，這聲「謝謝」真正的意涵是因為他，而她，終於找回了許久不見的眼淚。當再度可以流淚時，她也確定自己再度擁有愛人的能力。

心怡的狀況看在眼裡，Sam當然不會相信她沒有發生過任何事，但心怡顯然沒有想說，Sam也就沒有繼續追究，只是不斷關心、確認心怡的狀況，問她餓不餓？問她身體有沒有不舒服？……

最後，在心怡保證：「I am really ok, you don't have to worry

about me.（我真的沒事。）」之後，Sam才放心離開。但在臨走前，Sam對著心怡說：「I promise to buy you a candy bar.（我答應給妳買糖。）」，接著從大衣的口袋，掏出一根棒棒糖打開，遞到心怡面前。「The candy bar makes me feel happy and thank you.（棒棒糖，真的讓我感到幸福，謝謝妳。）」Sam說。

隔天，心怡準時到班，Sam則在外面一整天的會議，直到下班，心怡準備下樓，電梯一開，Sam正好出電梯。兩人擦身而過，沒有交談，只互相給了對方一個微笑。但這個微笑卻讓心怡的心不同了，那是很久不曾有過的悸動。和Sam之間，好像有種特別卻又說不出的情愫，若有似無的正在滋長。

這之後，心怡的生活、和Sam的互動，並沒有太大的不同，一切就回到餐廳偶遇Roger之前，Sam也從未再到她家找她。最多就是兩人在辦公室裡，眼神交會時，臉上那個不同的微笑。心怡好像發生了錯覺，她以為的不同，對Sam來說，好像又沒有什麼不同。

心怡告訴我們這段兩人之間似有若無的曖昧期，讓她有點不知所措，但卻讓我回想起戀愛時最有趣的彷彿就是這段時

期，猜不透、摸不清，卻又覺得莫名的刺激與甜蜜。

　　時序回到心怡與Sam之間那關鍵的時刻。很快，聖誕節、跨年，新的一年開始。心怡接到母親生病住院的電話。連夜買了機票決定回家，匆匆上飛機前，打了電話給同事、先交接了公事、也請他轉達短時間沒有辦法回到工作崗位。身為家中唯一的獨生女，加上父母離異後，母親和她相依為命，心怡似乎再也沒有理由，讓母親獨自面對病痛。趕著回台灣，心怡當然也想過要跟Sam說再見，只是幾番躊躇之後，她終究沒有說。

　　Sam再次出現在心怡面前，那已經是她回台灣二個月後的事。Sam在醫院門口找到心怡，心怡還來不及反應，Sam又是一個熟悉的熊抱，一把抱住她說：「Excuse me, I am late.（對不起，我來晚了。）」

　　接下來，從口袋裡拿出棒棒糖，誇張的單膝下跪在心怡面前：「I bring the happiness to you and I hope to bring you back which means I can never need the lollipop any more.（我帶著一份幸福前來和妳重逢。希望帶著妳給我的幸福，一起回去。）」心怡好像被催眠一般，接過Sam手中的棒棒糖。

然後，Sam再從衣服口袋掏出一枚戒指：「Sweetheart, Will you marry me？（心怡，請妳嫁給我。）」不可置信的一切，心怡毫無抵抗能力，就像在辦公室裡，Sam交辦的事一般，當她回了：「I will.」之後，就得全權負責了。

　　心怡將Sam介紹給媽媽認識，跟許多父母一樣，媽媽擔心她是因為寂寞而接受Sam，也擔心兩人文化的差異，「愛情和婚姻的差異，我想妳應該已經體會很多，媽媽相信妳的選擇，只要妳確定可以開心生活，媽媽會支持妳。」

　　這就是關於心怡的愛情故事，在聽完她的故事之後沒多久，我們完成了兩人的婚紗照。

　　熟悉的工作團隊，溝通充分的默契，這一次心怡的婚紗照，有著雙倍加乘的幸福，「Thank you all for helping me keep the most beautiful moment with my wife……（謝謝你們，幫我和心怡留住最美好的剎那……。）」Sam感激的說。雖然兩人都好緊張，但看得出來，Sam是用愛寵著心怡的，而心怡也正以一個更好的自己，和Sam一起實踐幸福。

婚紗之後

Ann和心怡，因兩次婚禮，後來變成臉書上互有聯繫的朋友。

Follow心怡的臉書。兩人在婚禮完成後，心怡為了讓Sam更加了解她生長的環境，花了兩週帶他環島一周兼度蜜月。婚後回到NY沒多久，心怡就發現自己懷孕了。兩人期待小生命的誕生，日子每天過得甜蜜、開心，心怡也經常在臉書放閃。

心怡的臉書PO文更新，最後是停在兒子週歲的生日。

PO文的內容是：mummy hopes that daddy and I will be with you for every birthday that you have.（媽咪多麼希望可以和爹地陪你度過往後每一個生日。）配圖是一張心怡抱著兒子，Sam躺在床邊，一起吹蠟燭的照片。不過，朋友的留言卻十分詭異，有人要 Sam加油、有人則要心怡保重、不要太累，有的還問需不需要幫助？祝Sam早日康復等等，整個留言看下來，Ann不難猜出Sam大概是生病住院。

這之後，Ann幾次特別注意心怡的臉書狀態，只是心怡都未更新臉書。再細看訊息留言，有的朋友已經留下：「節哀」的字眼。Ann雖然很納悶，但似乎不好問什麼，因為她曾私訊問心怡，心怡並未回應。

　　不知道又過了多久，Ann已經不再Follow心怡的臉書。突然某天，心怡從臉書的私訊對話框跳出來問：「我下週回台灣，妳有空幫我？」Ann雖然意外，當然也回話：「樂意至極」。

　　心怡一週後依約出現在C.H Wedding，但當天和心怡一起出現的卻是另一位帥氣的外國男士，心怡對Ann說：「我和他決定要結婚了，這次還是麻煩妳幫我找原來的攝影師、熟悉的妝髮幫我們拍照。」看得出來，心怡對這次的婚禮期待，明顯和前兩次不同。和新郎之間，心怡對他明顯的少了女人對男人的撒嬌，雖然可以看得出來，新郎對她很體貼、很好，但兩人之間還有客氣的生疏。

　　心怡說出心裡的遺憾：「Sam是兩年多前兒子週歲過後一天過世的，剛開始Sam就是頭痛，本來以為是壓力太大，後來痛到連止痛藥都沒效，進醫院檢查，發現是癌症。從發現到病

情惡化，短短只有一個月。一切如同晴天霹靂，我都來不及為他多做些什麼，甚至沒能跟他好好說再見。」

心怡說，那一天，兒子週歲在病房切完蛋糕，她帶著兒子回家前，Sam睡著了，所以沒有特別叫醒他。就這樣兩人永遠錯過了。Sam留下公司、剛滿週歲的兒子，她沒有太多傷心的時間，時間追趕著日子，雖然她表面上很堅強地處理一切，但笑容終究只是臉上的裝飾品，只有自己知道，她過得一點都不好。

即將再婚的新郎，是Sam的大學學弟，這兩年多來他默默的一直關心守護著他們母子，雖然心怡告訴他：「In my heart, there is always a place for Sam.（我心裡一直都保留Sam的位置。）」但他卻告訴心怡：「Trust me, I will always be your side.（妳放心，我會一直陪著妳。）」也是這句話，讓心怡有了再一次勇敢的理由，接受了他，希望給兒子一個完整成長的家庭與父愛。

第三次心怡拍婚紗照，看著小小Sam黏著新爸爸，三人一起入鏡，Ann當天在旁邊看得心裡好激動，Ann告訴我心怡的勇敢與堅強，真的是很難得。因此她在心怡的臉書留下鼓勵的話：「一定要相信自己會幸福的，一定可以幸福。」

轉角遇見幸福

　　心怡是C.H Wedding很有名的客人。三次婚紗都選擇我們，所以這麼多年來，她的人生故事，我們都沒有缺席。

　　三段婚姻，是一個女人對於愛情的勇敢。因為每一段感情開始有多美好，被迫失去就有多痛。每一次，也總要在幾度的淚水中反覆，才會康復。太痛太痛了，打擊太大，很多人往往害怕再去經歷那樣的過程而失去了膽子。但心怡卻可以這麼堅強，為每一個他，一次又一次的勇敢，而每一次勇敢之後，也都讓她自己成為更好的人。

　　幸福從來都是需要付出代價去追求的，想要幸福就不可輕言放棄，要繼續去愛，永不退縮。

8

從報復開始的婚姻

在C.H Wedding我看到的不只是愛情。

她是第一位來量身訂製婚紗禮服的新娘，但剛開始引起我注意的不是新娘，而是新娘的媽媽。

記得那是C.H Wedding開店後的一個多月、接近中秋節的週末午后，一對氣質高雅的母女走進店裡。開店初期創業維艱，我親自招呼她們入座，她們也親切的跟我閒話家常。新娘媽媽誇我：「本人比電視還漂亮」，儘管經常聽到這樣的讚美，但還是令我心花怒放！就這樣，話匣子一開就停不了，最後我乾脆自己充當業務員，介紹自家的婚紗。

來選婚紗，我都會特別問：「新娘子夢想中的婚紗是什麼樣子？」，因為我相信每個女孩心目中都有自己夢想中屬意的完美婚紗，我自己從小想要的是馬甲配上不誇張的蓬裙，選用緞面的材質，不要有華麗的手工珠珠，樣式可以簡單點，但是一定要有一頂皇冠。這是屬於我的公主夢幻婚紗款！

所以，當我問新娘，她心目中的夢幻婚紗款是哪種時，新娘的眼神中閃爍出不一樣的光芒，她興高采烈的開始形容想要的婚紗款式，但當她提到說，老公到大陸出差，因此今天無法

陪她前來時，我卻注意到，剛剛還跟我健談、話家常的新娘媽媽，卻在一旁變得非常的安靜。

也許是因為自己當了媽媽，當時我正懷著二女兒，我非常敏感的看出媽媽眼神中的落寞與不捨，於是，當新娘跟設計師溝通款式的空檔，我刻意地走到新娘媽媽旁邊，跟她做進一步的深聊。

我問：「伯母，是不是很捨不得女兒要出嫁？」

媽媽答說：「是啊！很捨不得。但是也很高興，只是，親家還沒有出面，只有小倆口講好一切的細節，我雖然尊重他們的決定，只是心中還是有點遺憾，好像少了什麼，卻又說不上來。」

「少了承諾！是女婿及親家，要對妳親口許下好好照顧女兒的承諾。」我說。

聽我一說，新娘的媽媽紅了眼眶。過了一會，她說：「賈小姐，不怕妳笑話我們，我把敏敏的事講給妳聽，妳也幫忙我拿個主意，好不好？」

　　新娘叫朱敏，她雖然現在才要訂婚紗、辦婚禮，但其實她跟新郎早就生下一個兒子，已經三歲大了。為什麼婚禮延遲到現在才辦？原來，這一段愛情，新郎的媽媽始終反對，一直到小孩滿月，新郎的媽媽才點頭答應兩人結婚。雖然補辦婚禮是新郎媽媽主動提的，也告訴兩個年輕人，她不過問、插手婚禮的細節，一切由他們自己拿主意。但多年來的婆媳嫌隙是不是真的化解？不免讓新娘媽媽很擔心，也很納悶。

　　朱媽媽說，新娘和新郎是國中同學，兩人從國二開始，就談起純純的戀愛。「敏敏這孩子，很敏感、自尊心也強，所以當我禁止她談戀愛時，她不但不把我的話當一回事，還經常跟我吵架。從那時候起，我們母女的關係也變得很緊張，原本貼心、聽話的女兒也不見了。敏敏很拗，僵持了一年多，都不跟我直接說一句話。」

　　不只朱媽媽，新郎立恆的父母也沒預料，兒子會情竇初開談起戀愛。因為立恆是家裡的獨子，下面還有一個妹妹。家族經營建設公司，從北到南，擁有很多土地、房產，家境算是很富有。所以他從小就是被爸媽設定，要成為家中事業的接班人，打算讓他念到國中畢業，就要送他到國外念書。

談戀愛的兩人，不想那麼快分開兩地，於是立恆跟爸媽爭取要念完高中再出國，「小孩子不懂父母親望子成龍的心情，立恆越是激烈爭取，立恆的媽媽越是反對；相對的，大人也無法理解小孩反叛的心理，大人越反對，兩個人越是要愛得難分難捨。結果，立恆媽媽使出殺手鐧，毫無預警的在他國中畢業典禮的當天早上，上學途中就請司機直接把車開到機場，押他上飛機，把他送出國。」

　　因為太過突然，加上兩人當時年紀小，所以暫時斷了音訊。「敏敏知道立恆被媽媽押出國之後，雖然沒見她大哭，但她整個升高一的暑假都窩在家裡睡覺，喊她吃飯，她說沒胃口，吃不下，常常都是她爸爸，擔心到進房間，苦口婆心地勸她半天，她才勉強吃幾口飯。我記得某一天下午，敏敏突然走出房門，開口就跟我借錢，她理直氣壯說：『媽媽，你應該跟立恆媽媽一樣，希望我們分手對不對？如果不是，妳借我錢買機票，我想要去找他，我以後賺錢再還妳。』」

　　朱媽媽說，她當下看到女兒決絕的態度，先是氣炸了，毫不思索的回：「如果妳現在要去找他，機票錢自己打工去賺，不過，妳先想一想，如果妳是立恆的媽媽，會希望他交往一個阻礙他學習的女朋友？」敏敏剛開始聽，情緒很激動，後來朱

媽媽只好先假意妥協，且口氣放軟的勸她：「你們兩個孩子，現在才幾歲？媽媽可以不反對你們交往，但前提是妳也要好好讀書，寒暑假，我可以帶妳出去玩，那時再去找他，好不好？」

敏敏聽媽媽這樣說，眼淚掉了出來，邊哭邊說：「妳不可以騙我，我會好好讀書，妳會讓我去找他對不對？」看見敏敏的樣子，朱媽媽說，她既氣也心疼，只好先哄哄她，希望女兒生活慢慢回到正軌後，自己可以想通。母女僵持了一年多的「父男友」問題，也在此時暫時得到和解。

將近半年時間，敏敏和立恆之間是完全斷了聯絡，表面上敏敏上學、放學，也沒有太多異樣。但是朱媽媽知道，敏敏沒有放棄找立恆，到處打聽他的消息。但不管敏敏怎麼打聽，立恆沒有跟任何同學聯絡，就像人間蒸發一樣，敏敏請立恆的妹妹帶信給立恆，也完全沒下文。直到高一寒假，立恆透過妹妹給敏敏帶了一封信裡面還附了澳洲來回機票，兩人才聯繫上。不過，敏敏並沒有告訴媽媽，幾天後簽證申請好，留了張字條給媽媽，一個人就偷偷到澳洲找立恆。

嘆口氣，朱媽媽繼續說：「心裡著急、擔心也沒有用，現在的孩子獨立自主，我不知道敏敏當時做這個決定，究竟害

不害怕？有沒有擔心？但當時我真的覺得這個孩子，勇氣可嘉。」總之，兩個禮拜後，敏敏平安地回來。「敏敏一進門，就先給我一個大大的擁抱，後然撒嬌兼耍賴說：『媽媽，對不起！我知道妳一定很生氣，我答應妳會好好讀書，以後不讓妳擔心。』」

後來，朱媽媽斷斷續續從敏敏口中得知，立恆被帶到澳洲，也曾試圖跟媽媽抗爭，只不過終究是敵不過媽媽一把又一把的眼淚，只好軟化態度，也真的答應媽媽不跟敏敏聯絡。立恆對敏敏解釋，如果不先順著媽媽，他不知道媽媽還會採取什麼激烈的手段，何況只有等媽媽沒有戒心，他也才找得到機會跟敏敏聯絡。而立恆的媽，也為了讓兒子死心，硬是放下台灣忙碌繁多的工作，在澳洲陪讀半年，每天親自盯著他。

澳洲回來，敏敏沒有異樣，「唯一是主動跟我要求，她想利用假日去補習英文，平日也看她在勤練英文，我正覺得納悶，果真沒多久敏敏就跟我和她爸提出，她念完高一下學期，想要到澳洲念語言學校。」朱媽媽說，她是公務員，敏敏的爸爸在銀行上班，家中的經濟只能算是小康，所以當女兒提出這樣的想法時，對他們來說，是有點勉強的負擔，所以勸她打消念頭。

「我是跟你們先借機票跟念語言學校第一學期的學費，我保證以後，會把這筆錢還你們，其他吃、住的支出，立恆說他會負責。」敏敏激動的說。因為執意要去，所以她和家人的關係又僵持在那邊。「她開始翹課、故意晚歸，最後是敏敏的爸爸居中協調，我們各退一步，答應敏敏先去一年，如果她申請不到學校念，或是發生任何我們覺得不OK的狀況，她就必須無條件聽我們的話回來，且每天要跟家裡視訊報平安。」朱媽媽說。

就這樣，敏敏在高一升高二的暑假，去了澳洲，先從語言學校念起。為了放心，敏敏的爸爸還專程請假陪她去了一趟，除了看看語言學校的環境、宿舍外，也跟女兒約法三章。

到了澳洲，敏敏也遵守和爸媽的約定。就這樣相安無事的過了半年，朱媽媽說，原本她還打算那一年的過年，專程飛去看女兒，但還不到過年，敏敏某天視訊中就哭喪著臉告訴他們，立恆不見了。「他突然沒去學校，但住處的東西還在，我很擔心他，我到他念的學校查，學校卻告訴我：『他轉學了』。」

原來，立恆的媽媽發現敏敏也到了澳洲唸書，十分生氣，再一次毫無預警的把兒子送走。求助立恆的妹妹，立恆妹妹

告訴她，媽媽已經先警告過她，如果再偷偷地幫哥哥，就會封鎖她的經濟來源。但在敏敏的哀求下，最後立恆的妹妹只告訴她，哥哥去了美國。

即便聽立恆妹妹説，他去了美國。但敏敏並不相信，「我去學校查，他是轉學。説不定去美國只是騙我的説法，況且他住處的東西還沒收，我要等等看立恆。」敏敏執意不肯回台灣，每天到立恆住處的門口等他，就這樣天天去，天天等，希望可以在門口堵到立恆，或是立恆會偷偷私下跟她聯絡。轉眼半年又過去，直到隔年的暑假，等不到消失無影無蹤的立恆，加上沒有申請到學校，敏敏才終於放棄，死心地回台灣。

回台灣以後，敏敏絕口不提立恆，後來高中考大學、到大學畢業，朱媽媽説，這期間，她知道女兒也陸續交往過幾個男朋友。畢業後，也順利進入網路公司上班。這麼多年，「立恆」幾乎是一個被遺忘的名字，也以為他，只是女兒青春期時，一段苦澀初戀的標記而已。女兒不説，是不會有人再主動提起。

況且，敏敏後來在網路公司上班後，與公司同事大熊交往，大熊人很老實，兩人雖然感情沒有轟轟烈烈，但大熊很讓人放心、有安全感，前不久大熊也跟敏敏求婚成功，所以大家

都認為敏敏找到屬於她的幸福。

　　就在開始準備婚事，雙方家長約見的那天，很不尋常的，敏敏卻沒有出現。不但大熊找她找不到，敏敏也沒有告訴爸媽她去哪裡，大家急得像是熱鍋上的螞蟻，最後大熊只好跟爸媽說：「公司突然發生事情，敏敏臨時被找去加班，沒辦法請假。」算是幫忙搪塞過去，但朱媽媽相信大熊的爸媽肯定是納悶、生氣的。

　　這之後，敏敏消失了三天，只傳了簡訊給大熊，以及爸媽說：「我需要好好想　想，你們暫時不要找我，勿念。」等敏敏出現時，陳立恆這個名字竟然也跟著出現了。

　　朱媽媽說，那天敏敏罕見的約她喝下午茶，很認真地跟她說：「媽，我有一件事想先跟妳商量，但妳可以冷靜的聽我說完嗎？跟妳約在餐廳，我想妳應該不方便抓狂。」

　　說到這兒，朱媽媽顯然還是有點生氣，她問我：「賈小姐，如果有一天妳女兒長大這樣跟妳說，妳會怎麼辦？」我苦笑沒有回答。

朱媽媽接著繼續説：「敏敏跟我説，她決定不要跟大熊結婚了。因為冷靜想想她不夠愛他。」原來陳立恆回來找她，雖然她也很堅決的跟他説：「我要結婚了！」但是，她的心裡卻動搖了，雖然她覺得這樣很對不起大熊，但她無法控制的想跟立恆復合。在思考了三天後，她決定順從自己的心。

　　敏敏跟媽媽説：「我知道，這樣的選擇應該會讓很多人傷心，但是立恆不告而別至今，我始終心裡沒有放下，我很不服氣，為什麼我不能跟他在一起？我不想要以後後悔。」

　　朱媽媽説，她知道女兒很倔強，一旦決定的事，沒有去試，她是不會罷休的，於是只好跟女兒説：「妳真的想清楚了嗎？妳已經成年了，媽媽無法左右妳，但不管妳怎麼選，我都希望妳是好好的，我們也會支持妳、做妳的後盾。」

　　這之後，敏敏跟大熊提了分手，但卻沒有馬上跟立恆復合。也因為朱媽媽告訴她，支持她的任何選擇，敏敏也開始會將她的心情主動跟媽媽分享，敏敏告訴媽媽這幾年間立恆發生的事；當年，立恆從澳洲被迫轉學到美國，但沒多久，立恆的爸爸就發現罹患癌症，很快就過世了。媽媽頓失依靠，於是將注意力全部放在他身上，希望他可以接掌家裡的事業。所以七

年之間，他們兩人的交集，才會是完全的空白。

不過，有一點敏敏很介意，因為立恆即便回頭找敏敏復合，但卻和現任女友還沒分手。甚至，敏敏還在立恆的手臂上，發現他為現任女友刺青的英文字母，「我沒想到，他會幹這種蠢事，如果七年來，他有任何一點點想念我，是不是應該刺的是我的名字？」就這樣，三角關係維持了三個月，立恆還跟敏敏解釋他為什麼不能快刀斬亂麻和現任女友曉玲分手的原因；原來立恆的媽媽想借助曉玲家族的力量，共同開發一個商機很大的建案，所以，立恆媽媽用力撮合兩人在一起，甚至還希望兒子能夠把她娶進門。

敏敏很不屑的告訴媽媽：「這就是立恆媽媽要的門當戶對，要用兒子的幸福去做交換。我要跟她拼一把，我就不相信真愛戰勝不了一切。」

立恆的媽媽，當然也沒想到兒子會偷偷瞞著她，不但跟敏敏復合，還已經跟她求婚。立恆先是把敏敏在意的手臂刺青雷射去除，接著在開發建案簽約前，就跟曉玲提出分手，避不見面。曉玲覺得受到屈辱，氣不過一狀告到立恆媽媽那，於是他跟敏敏復合的事，自然是紙包不住火。

這次，立恆媽媽私下找到敏敏，她給了敏敏一張空白的即期支票，要她隨意填上金額，但前提是：馬上離開他的兒子。朱媽媽說，敏敏從小自尊心強，立恆媽媽的這個舉動，非但沒有讓敏敏打退堂鼓，甚至還挑起了她的求勝心。她不甘示弱跟立恆媽媽說：「立恆已經長大了，已經不是七年前，可以任妳擺佈的小孩了。七年前，我們莫名其妙的被拆散；七年後，是因為彼此還愛著，所以才復合，我們說好，這次不管發生什麼事，都會堅持在一起。」

　　因為投資的建案計畫告吹，不管是媽媽或是家族股東都給了立恆很大壓力，但這次，他卻遵守了和敏敏的約定，一點也不打算讓步。兩個女人正式開戰，都要求他做出選擇。這次，立恆主動搬出了家裡；敏敏甚至跟朱媽媽說：「媽媽，只要我懷了立恆的孩子，立恆媽媽應該就不戰而敗了吧。」想用懷孕做籌碼，讓立恆無法回頭。朱媽媽雖然不贊成女兒用這種激烈的手段，但不管她怎麼苦口婆心的勸，女兒都聽不進去。

　　立恆搬出家裡，跟敏敏同居後的半年，敏敏如願懷孕了。不過，老天爺並沒給敏敏好運氣。立恆回去跟媽媽說敏敏懷孕的好消息，沒想到媽媽回應很冷淡：「那是你們的事，你們的孩子，不是我承認的孫子。」甚至，敏敏在懷孕三個多月時，

因為下樓梯，不小心跌倒，結果流產了。於是，敏敏本來想好，先斬後奏的結婚計劃，也陰錯陽差的暫時停下來。同時，醫生也跟敏敏說，要她多調養身體，如想要再有小孩，最好隔一段時間，才不會再發生小產的情形。但敏敏不死心，三個月後就急著懷孕，後來，為了安胎，整個懷孕的過程都是躺在醫院病床上，非常的辛苦。

「剛開始，我每次去醫院看敏敏，都忍不住掉眼淚，她都還安慰我說：『媽媽，妳要抱孫子了，當外婆，應該要開心。』但沒想到，後面幾個月，敏敏雖然拉著我的手，安我不要擔心，她會堅持下來。但卻換她邊說，眼淚卻邊流個不停：『媽媽，我真的好辛苦，現在我自己要當媽媽，才知道我有多不孝。』」

朱媽媽說，女兒身體受苦，心裡也苦，但這一段安胎的歷程，卻也讓她慢慢體會到當母親的辛苦，尤其是對立恆的母親，她有了歉意，「媽，我以為我報復了立恆的母親，但其實我沒有贏，因為立恆怎麼說都是她懷胎十月生下的兒子，立恆雖然嘴裡沒說，但我知道他心裡其實還是很在意媽媽的，他很想要得到媽媽的認可與祝福。如果我真的愛他，要跟他過一輩子，我好像不應該跟一個也愛他的女人為敵，應該跟他一起去

努力去化解，而不是讓他一個人孤軍奮鬥。」

在病床上養胎足足七個月後，敏敏終於生了，是男孩。坐完月子，敏敏和立恆抱著剛滿月的孩子，回家去見了立恆的媽媽。那個見面，是敏敏主動提的，敏敏跟立恆說：「寶寶，應該也想見奶奶，奶奶應該也想抱抱寶寶。我想要跟你一起努力看看，讓你媽媽接納他、也接納我，而你也可以重新做回那個孝順媽媽的兒子。」立恆聽到敏敏說的這一番話，他抱著老婆和剛滿月的兒子痛哭。隔天，兩人就抱著孩子回家。

「敏敏告訴我，她原以為婆婆會趕他們出門，所以早就跟立恆討論好，婆婆只要一趕他們走，他們就在她跟前跪下不走，直到她願意、接納她們母子，並且原諒他們為止。沒想到，立恆媽媽一看到寶寶，從敏敏手中接過抱孫子時，竟然跟敏敏說了一句：『妳辛苦了！』，敏敏說她一聽到這句，眼淚立刻掉下來，自己就跪下去說：『媽媽，對不起。』婆婆大概也被她的舉動嚇到，連忙說：『承受不起！承受不起！』，結果，立恆也趕緊跪下說：『媽媽，我也對不起，是我沒處理好，我想要大家都開心....妳原諒我的不孝…』於是，三人加寶寶，四人哭成一團。」有如演出八點檔連續劇的大和解戲碼，在一把鼻涕、一把眼淚下，終於有了令人想要的圓滿結局。

　　敏敏和立恆，也因為要幫寶寶報戶口，兩人先到戶政事務所登記。但一直以來，沒有拍婚紗、沒有辦婚禮，敏敏雖然想要，但她不想主動提，立恆工作很忙，也沒太注意。反而，這次的補拍婚紗、補辦婚禮，都是立恆媽媽主動提的。她跟兩人說，因為立恆的妹妹今年要出嫁，所以希望她出嫁前，立恆跟敏敏先把婚禮辦了，一方面是長幼有序，一方面是雙喜臨門。當然，也有可能是立恆媽媽看穿她的心思，敏敏自己猜想是這樣。因為她雖然統管公司，在人前總是發號施令，很主觀、不好溝通，但經過相處，敏敏發現，婆婆私底下其實很敏感、很細心，待人也很周到。

　　後來，在婚紗店，再一次遇到朱媽媽時，她很高興地跟我說：「賈小姐，我和親家已經約好下個禮拜要一起見面提親，這算是兩家說要辦結婚，請客後的第一次正式見面，可是雖然高興，但我很苦惱，不知道到底該跟新郎和親家說些什麼？」

　　「朱媽媽其實很簡單，只要把你心裡真正的想法說出來就好。」我雞婆的說，「那天見面妳一定要很正式，沒錯就是正式！這一點一定要強調。然後還要刻意擺出丈母娘的架式，嚴肅的跟新郎說：『我把女兒託付給你，我只要求你一定要好好照顧她。』」

一聽到我這樣講，朱媽媽紅了眼眶，淚水在眼眶裡打轉。我想，這就是天下父母心，每一位媽媽嫁女兒時，想要聽到的承諾。

婚紗之後

　　訂製婚紗，從與設計師溝通、看設計圖定稿，然後量身、試胚衣、試半成品，到訂製婚紗完成，這種種的細節，是一個大工程。

　　所以，這之後我和他們又見了很多次面。有時候是朱媽媽陪新娘來，有時候是新郎陪著新娘子來。最後一次，甚至，故事中的「反派角色」，婆婆也來了。

　　婚紗完成時，我看到兩個婆、媽在試衣間外，有說有笑的聊天，我突然很有感慨：原本來自不同家庭背景的兩個人，終究會因為愛，讓兩家人也許存在的差異、或是偏見，得到化解。

　　朱媽媽跟我說，她真的照著我的話，在雙方正式的提親宴上，正式要求女婿給她一個承諾。當女婿跟她承諾：「我會好好照顧您的女兒，不會輕易放開她的手。」的那一刻起，她心

中才真正地接受女兒已經嫁出去的事實。多年來，一直存在她心裡糾結的點，也得到化解。

　　我永遠忘不掉，朱媽媽看我滿懷感謝的眼神，我真的、真的好有成就感。當然，更棒的成就感，就是當準新娘穿上，我們依照她勾勒的輪廓，為她量身訂製的夢幻白紗時，她驚呼尖叫的說：「好美喔，我不想要脫下來！」的那一刻。

　　所以啊，我要提醒天下親愛的準新郎、新娘們，當你們互許終生，彼此說過千萬句，甜蜜誓言時，一定也不要忘記，要主動給彼此最親的爸媽，許下一個愛的承諾，讓他們真正放心地把你們交付給對方！

轉角遇見幸福

　　婆婆和媳婦之間微妙的關係，一直以來都是婚姻中難解的習題。兩個女人，如果沒有找到相處的平衡點，不管是戰火或是怒氣，都足以毀滅婚姻的幸福城堡。

　　請記得，妳和她是因為愛著同一個男人而相遇。是她懷胎十月、花數十年全力栽培、拉拔長大，才會有妳眼前，那個珍惜妳的男人。也許，短時間無法做到和她情同母女，但請記得，不要厭煩她或與她為敵。因為有一天，妳也會成為孩子的媽媽，也會變成她的角色，同理心就好，因為誰都希望當有一天，兒子娶妻、或女兒嫁人時，彼此是多一個有愛的親人，而不是多一個針鋒相對的敵人。

9

真心話大冒險

．

女客人在C.H的櫃檯，正在結清拍照款項。當我們準備將製作完成的婚紗相冊等，全數交給她帶回時，沒想到，女客人卻突然對著我們說：「不好意思，恐怕要麻煩你們，幫我把照片全部處理掉。」聽到女客人的指令，業務小涵嚇了一跳，連忙問：「小姐，新娘是不滿意拍好的婚紗嗎？有什麼問題，妳們儘管說沒關係。」女客人回：「不，妳們照片拍得很好，只是，新郎已經換人了。」

幫新娘來婚紗店取照片的女客人，是新娘的妹妹。小涵說，新人拍完照、選完照片後，很久都聯絡不到人，眼看逼近婚期，她只好按三餐跟新郎、新娘打電話、也分頭留了訊息給他們，終於才等到新娘的妹妹來處理。只是沒想到，她直接要他們把婚紗照丟垃圾桶，這也是婚紗店開業以來，頭一遭遇到這種情況，讓人十分詫異。

後來，經小涵了解，才知道這個有點心酸但也很浪漫的愛情故事。

新娘晶晶，和男友小偉原本是房仲公司的同事，小偉因為大學時期念園藝設計，加上喜歡花花草草，親近大自然，所以

性格浪漫、感性,人生最大的夢想就是存夠頭期款,開一家有
自己風格的花店;相較下,商科畢業的晶晶,就顯得平實而理
性,除了擁有一份投資報酬率不錯的工作,她無法明確說出自
己的人生夢想。對晶晶來說,小偉這樣的男人很吸引她,也令
她崇拜,因為她總能從小偉身上找到好玩的事,或是聽到她從
來想不到的古怪想法。

兩人剛進公司,同為菜鳥時,經常一起加班,朝夕相處
後,自然而然就走在一塊了。為了支持小偉開花店的夢想,晶
晶省吃儉用,有時候連一件漂亮的衣服都捨不得買,一杯星巴
克咖啡都捨不得喝。兩人在一起工作三年後,終於存到第一筆
開店基金。後來,小偉離職去開花店,晶晶則繼續留在高壓競
爭的房仲上班,儘管小偉希望她也能到店裡一起打拼,但晶晶
不肯的理由不外乎是,花店草創時期,各方面都充滿了變數,
兩人總要有一人薪水不錯、工作穩定,算是未雨綢繆也好。

好不容易,花店經營兩年,慢慢步上軌道。小偉特地選在
花店開幕兩週年慶的當天,安排浪漫的求婚橋段,原來,晶晶
從小玩扮家家酒,心中一直有一個閃亮鑽戒的公主夢,於是慶
祝會上當著大家的面,小偉安排一台遙控飛機,載著一克拉的

鑽戒，從天而降。小偉求婚的一番話更是講得感人：「晶晶，我生命中最重要的那個女人，成就了我的夢想。我請大家為我們做見證，從今以後，我要讓晶晶一直擁有最幸福的時光，直到我們一起老去。」

晶晶妹跟小涵說，小偉跟她姊求婚當天，她也在現場見證，聽到這麼感人的告白，連她都流眼淚了。當時，她真覺得姊姊這幾年的付出沒有白費，兩人眾望所歸，一定可以白頭到老。

一路開始籌備婚禮，她也都在旁協助。但，後來事情的轉折，卻是誰都想不到。

原來，小偉求婚後的某天，偶然間，遇見高中時期喜歡的女生小龍女，來店裡買花。兩人見面，雖然只有簡短客套的寒暄，但那次之後，彼此互留Line聯絡。剛開始，兩人只是透過Line聊天，聊聊彼此的近況；後來，相約見面吃飯、相約看電影，相約……到次數越來越頻繁。

「我姊，不知道是神經太大條？還是沉浸在當新嫁娘的喜

悅中？所以她完全沒有發覺小偉的異樣。到了拍婚紗照的前一天，我姊怎麼都打不通小偉電話，才覺得奇怪。但因為拍婚紗那天，小偉準時出現在我家接我姊，他解釋電話不通的原因是他刻意關機早睡，想讓自己隔天養足精神拍照。」晶晶妹說，她當時還擔心姊姊不開心，影響拍照心情，便在旁邊雞婆的幫腔小偉。但婚紗照拍完的隔天，小偉也不知道存著什麼心？或吃錯了藥？竟然自己跑去跟姊姊坦白。

晶晶妹告訴小涵，姊姊跟她說，小偉跟她坦白的時候，她還賴在床上補眠。小偉到房間搖醒她，正經八百說有重要的事要告訴她，晶晶隱約覺得不妙，果然小偉開口說的第一句話就讓她醒了一半：「我……我遇到了，我以前喜歡很久的一個女生……小龍女。」最後「小龍女」三個字，小偉是心虛到聲音幾乎小到聽不見。

「嗯，然後呢？」晶晶故作鎮靜，小聲回。

「我先聲明一下，我跟她之間，真的什麼都沒有發生喔！真的！沒有怎樣，我告訴她，我有一個即將要結婚的女朋友；她也有一個交往三年的男朋友。我們只是約出去吃飯、聊天，

或是有空Line一下近況。當然啦，有時候她順便經過花店，如果我沒事，她會買杯咖啡來店裡找我聊聊天。」小偉説。

「為什麼？現在才告訴我這些？」晶晶問。

「因為，我説了謊話，一直覺得很不安。其實拍照前一天，我沒接電話是因為跟她約見面。我覺得我不應該騙妳，我們不是説好，彼此之間要互相坦白，不能隱藏秘密嗎？那天之後，我覺得很不安、很自責，良心也有點過不去，所以我一定得説。但我們真的沒怎麼樣，如果妳很生氣，我答應妳以後不會再跟她聯絡。」小偉説。

「所以……那天是你們第一次出去嗎？」晶晶問。

「嗯……不是。」小偉遲疑了一下才回。

「那你是愛我的嗎？」晶晶問。

「當然。」小偉答。

「你愛我，跟你以前對她的喜歡，有不一樣嗎？」晶晶繼續問。

「嗯，當然不一樣，我對妳的愛會一直很久，像家人。對她的喜歡是會緊張的那種，她就是我高中時候的『沈佳怡』啦，高中時，她功課好、長得又漂亮，根本不可能喜歡我，沒想到再遇到她，竟然還記得我。她保養得實在不錯，高中時我喜歡她的那種感覺，竟然還在。」小偉老實的回答。

晶晶妹繼續説，她實在不知道，男人腦子裡是有洞嗎？如果真的沒什麼，不説不行嗎？哪個女孩子聽到男友説，遇見高中時心裡的那個『沈佳怡』，會真的相信兩人沒什麼？

「妳也認為沒什麼嗎？」晶晶妹反問小涵説。

「每個男人心中都有一個『沈佳怡』，電影是這樣演的，既然都遇見了，怎麼可能沒什麼？」小涵脱口説出真實想法。

「看吧，連妳也這樣想。」晶晶妹繼續説：「所以，我姊先是很委屈的大哭一場，然後就開始疑神疑鬼、先是偷看他

的手機，後來還三不五時，專程躲到花店遠處，盯著小偉，看小龍女是不是有來找他？但依我看來，我姊這些離譜的舉動，都屬女人正常的反應。但小偉卻對我姊的狀態，開始不耐煩，我姊有時多問一句：『幾點回家？』，小偉就覺得我姊是找他碴；多打兩通電話，小偉乾脆不接。漸漸地，原本互信、互相尊重的兩個人，開始生對方悶氣。小偉很不明白，他都主動坦白了、也保證不再跟小龍女聯絡，姊姊為什麼還不相信他？但另一方面，姊姊卻也覺得她很委屈。因為是小偉自己打破了她對他的完全信任。結果，因為相愛，而準備結婚的兩個人，原本應該甜甜蜜蜜，卻落得兩人不斷吵架、冷戰的下場。」

晶晶妹接著說：「後來沒多久，我姊就跟小偉提分手。她說，因為小偉，她徹底變成了一個瘋女人，隨時都處於爆炸的狀態，再這樣下去，她會因為小偉，徹底摧毀自我。所以，她決定快刀斬亂麻。」

「那小偉呢？他認同妳姊提分手的決定嗎？」小涵好奇著問。

「剛開始，當然不同意。但我姊的態度很堅決。小偉也到

我家找我姊談了好幾次。最後一次，雖然小偉哭得很傷心，希望我姊回心轉意，但小偉卻又白目的跟我姊說，小龍女最近跟她男友分手了，常常來找他，讓他很困擾，叫我姊不要再鑽牛角尖了，快點跟他和好。」晶晶妹說，小偉此話一出，連她在旁聽了都覺得兩人真的回不去了。

　　「小偉回去後，我姊先是淡定的告訴父母，婚禮取消了！也一一私下訊息告訴朋友，婚禮延期。並且主動跟小偉發了個訊息：『我的確是想要我們倆的相處，彼此坦白、沒有欺瞞。但我也必須承認，你誠實而直白的感受，讓我無法招架。八年，我們一起經歷了心酸和幸福，我不是不能堅持，而是我不能確信自己是不是可以成為一輩子無怨無悔、相信你的那個人？這對我來說，很重要。好吧，我還是願意為我們的幸福，盡最後的努力。如同你所說的，我再一次相信你，可以為我們的愛情、婚姻堅持到底。就三個月吧，如果我們分開的三個月空窗期，沒有催化你對小龍女蠢蠢欲動的情感，屆時我才真的會相信你所說的，和她真的沒什麼，那時，我們就結婚吧！當然，也請你履行我們會一起老去，你會照顧我的承諾。』」

　　小偉也回傳訊息，寫說：「我真不知道跟妳的坦白，會讓

我們八年的感情，面臨到如此嚴重的考驗，我們不是説好，彼此之間，不能有隱瞞、欺騙的嗎？既然妳堅持要先分開，那我們先將婚禮延期吧！我會等妳回心轉意。同時，三個月的空窗期，我會好好反省自己。」

訊息傳完，考驗才真正開始。

「三個月後，我就被姊姊委託來婚紗店結賬、以及請你們幫忙銷毀照片。」晶晶妹説，看到一張張婚紗照裡，小偉和姊姊兩人的幸福笑臉，她有説不出的感傷，「人性畢竟經不起考驗，緣分也是強求不來，有時候，一念之間的選擇，就讓事情有了不同的結果。毫無意外的，三個月空窗改寫了兩個人的未來。小龍女走進了小偉的生命中，取代了姊姊。而姊姊意外打錯電話，開始一段浪漫的邂逅。」

晶晶妹的話匣子一打開，乾脆也把姊姊後續發生的故事，一口氣説到底。

「故事暫時倒帶回到小偉跟我姊坦白，我姊開始失心瘋，每天疑神疑鬼的那段時間，她經常對小偉奪命連環Call。不

管電話通不通，她要不拿起電話，劈頭就罵；要不就對著話筒放聲大哭；這樣的情況，持續了幾個禮拜。有一天，電話那頭，竟然有個陌生男子突然回話，男子先是嘆口氣，然後對我姊說：「小姐，妳每天這樣歇斯底里，哪個男人會回頭啊？這樣妳的男友，只會坐跑車，跑得更快而已。」我姊先是嚇了一跳，覺得像是被當頭棒喝教訓一般，於是更火，不管三七二十一立刻嗆聲回他：「你跟我很熟嗎？我究竟發生什麼事，你清楚嗎？你有什麼資格這樣說？我如果不愛他，我會瘋嗎？」然後怒氣沖沖地，掛上電話。

等到冷靜回神了以後，我姊才想：「剛剛那個男的是誰啊？怎麼會幫小偉接電話？」我姊不死心，又回撥了一次電話，電話那頭，還是剛剛那個聲音。

「不好意思，你為什麼會接小偉的電話？他去哪？」我姐問。

「這本來就不是他的手機，而是我的電話，我的電話，當然是我接。」男子回。

「那為什麼不早點說，現在才說？」我姊理直氣壯地問。

「我……我有機會說嗎？這幾個禮拜，妳打來不是罵、就是哭，我根本沒有說話的餘地。」男子有點委屈回。

「那你可以不接啊，我的事不就全被你知道了嗎？」我姊覺得有點糗，啪一聲就掛掉電話。

掛掉電話後，我姊馬上去檢查自己撥出的電話號碼，這才發現，陌生男子的電話「0932」跟小偉「0933」只差一碼，後面的數字完全相同。不仔細看，根本不知道打錯了。後來，知道這件事的每個人都會附帶問：「小偉的電話號碼為什麼沒內建在手機的電話簿裡？」我姊的回答是：「這個背得滾瓜爛熟的電話號碼，哪需要建檔？我撥他的號碼，根本都是直覺式的反應。」晶晶妹說，她後來仔細想想好像也是，她的確也有幾個熟朋友的電話號碼，是內建在腦子裡的，一輩子都不會忘記。

「那發現打錯電話後，兩人還有後續？」小涵繼續問晶晶妹。

晶晶妹説，姊姊後來發現自己的確很失禮，因為很多次撥錯電話的時間，而且幾乎都在半夜，每一通都是奪命連環Call。如果換作是她，肯定會認為那是騷擾電話，早就報警了。但男子，非但沒有這樣做，很多時候，接到她打來的電話，都只是安靜地聆聽她的情緒。

　　「先生，真對不起，這一段時間因為誤撥電話號碼，打擾到你的作息，我深感抱歉。另外，對於那天電話裡的態度，我也一併致歉。也謝謝你耐著性子的聆聽與陪伴。」後來，我姊傳訊息，很誠心地向他道歉。

　　道歉訊息傳去，很快，男子也回覆寫：「小姐，反正我女友劈腿，我也傷心睡不著，所以也不至於構成什麼打擾。而我雖然是被動的知道妳的事，但如讓妳有產生「被偷窺」的不好觀感，我也道歉。未來，如果妳再打錯電話，也不用太客氣，歡迎光臨。」

　　晶晶妹說起姊姊這段不打不相識的過程，「結果，我姊和他兩人Line來Line去，竟然變成Line上交流的朋友。和小偉分手的那段空窗期，表面上是我姊主動提分手，看起來沒有什麼情

傷；但其實私下的她，情緒起伏很大；而Line人（後來我跟我姊稱他：『那人』，他的女友劈腿，也有情傷。所以兩人正好『傷心』互相交流），『談心』互相取暖。」

晶晶妹說後來姊姊跟她分享會這麼快能夠跟「那人」熟識，可能就是因為雙方溝通都是透過文字吧，真心想說的，可以直接對話，不想說的，只要給一個表情符號貼圖，代表一切。這樣的過程很療癒，晶晶發現什麼想說的都可以說，但不想分享的，就什麼也不必多說。「我姊說，她實在沒想到，因為撥錯電話，能這樣跟『那人』認識，兩人竟然還可以變成進化版的筆友。」

「那兩人什麼時候見到面？」小涵繼續問。

「沒有。『那人』Line上沒有放照片，我姊也沒有。所以，至今兩人還不知道彼此的盧山真面目，兩人目前是正處於網友相約前的忐忑階段。不過，我姊暫時沒有跟『那人』見面的想法，只跟『那人』約定好，在認識滿一週年的那天，要互相上傳照片。如果彼此，沒有嫌棄對方長相，才約見面。」

婚紗之後

晶晶跟那人,最後究竟有沒有見面?小偉跟初戀的小龍女,後來是不是修成正果在一塊?

後來,我們才知道答案。

一年後的某天,小偉帶小龍女來選婚紗;又某一天,晶晶妹要結婚了,也選C.H拍婚紗照。

先從小偉說起好了。

小偉因為留有小涵的名片,帶小龍女來選婚紗的前一天,已先打電話預約。隔天,小偉到婚紗店,介紹新娘姓「龍」,小涵幾乎已確定新娘就是小龍女。拍照當天,小涵有機會私下跟小偉聊天,沒想到小偉自己主動提到前女友晶晶。

小偉說:「我先澄清一下,我沒有劈腿喔。是晶晶跟我分手、小龍女跟前男友分手後,我們才開始交往。我們也不是閃婚,她和我高中就認得,雖然我們再遇見沒多久。」看來小偉相當介意,被人誤認他劈腿,以及被說是閃婚。

　　小偉繼續說，他雖然現在跟小龍女過得很幸福，對於前女友晶晶很感恩，但心裡還是有個難解的結。他問小涵：「我跟未婚妻坦白，遇見高中時喜歡的女孩，我真的很蠢嗎？晶晶取消我們的婚禮後，很多朋友的反應都是：『蠢蛋，才會說實話，你故意犯傻？』還有人背後笑我：『偷吃，還不會擦嘴擦乾淨！』可是，當時我真的只是偶然遇見小龍女，跟她之間什麼也沒有。」

　　「我也覺得你幹嘛要說？你心裡到底怎麼想？」小涵好奇地問。

　　「我沒想要跟晶晶說再遇見小龍女的事，當時只是恰巧有空，臨時跟她出去吃飯，飯吃著吃著，晶晶打電話給我，我承認第一時間嚇到，沒有接電話。原因不是因為我跟小龍女有曖昧，而是我沒有跟晶晶打電話報備，所以很慌張。」小偉說，他畢竟還是說了謊，尤其是見了小龍女之後，心裡的確是有那麼一點蠢蠢欲動，所以很有罪惡感。本想說，坦白之後，可以鬆一口氣、減少一點罪惡感。哪知道，坦白後，晶晶不但推開他，還把他推向小龍女。

　　「晶晶一定沒有想把你推給小龍女啦，何況，你們都已經

要結婚了。就我看，晶晶是很愛很愛你的，她主動放手，是想
給你再一次選擇的機會，不想你後悔吧。」小涵說，她本來想
和小偉繼續討論下去，但這時小龍女已經梳化好、穿好婚紗，
準備拍照。於是，話題就此打住。

從旁看，小龍女跟晶晶是完全不同類型的女人；小龍女，
人如其名，她的夢幻，是需要小偉時時呵護的；而晶晶，則完
全相反，她是那個成就小偉夢想的女人。

小偉婚後沒幾個月，晶晶妹也來C.H挑婚紗。

小涵當然也十分樂意，從晶晶妹口中得知「那人」和晶晶
的後續。

晶晶和「那人」之後真的見面了。

「最扯的是，『那人』劈腿的女友，竟然又回來找『那
人』復合。」晶晶妹說。

「蛤，所以『那人』因此陷入兩難嗎？還是『那人』其實
也瞞著妳姊偷偷劈腿別人？」小涵問。

聽到小涵的問題，晶晶妹哈哈大笑：「妳是八點檔連續劇看太多喔？『那人』沒有劈腿啦！『那人』也沒有陷入兩難，只不過他的前女友，死纏著他好一陣子，所以他和我姊總是有一段紛紛擾擾的過渡期要挺過去。『那人』算是一個很討喜的男友，很會做菜，人也細心；尤其是彈吉他、唱起情歌時，喔，帥氣又深情，我跟我姊說，我也想打『差一碼』的電話號碼試試看，看出現的到底是王子？還是癩蛤蟆？」

只不過，兩人見面後交往沒多久，「那人」就被公司派駐到新加坡。晶晶妹說，「那人」本來想為晶晶放棄去新加坡見習的機會，留在她身邊。但晶晶不肯，要「那人」不准放棄大好的升職機會。因為依照「那人」公司的規定，只要在新加坡待滿兩年，回台灣就可以升職為公司重要的幹部。

所以，兩人遠距離的戀愛正甜甜蜜蜜ing中。

「我看我姊，總覺得她『母愛』氾濫，只要一談戀愛，就什麼都以男友為重、為男友著想。我常會提醒自己：看看她、想想我。我呢，才不要寵著男人，這樣太辛苦了。當一個被男人寵溺的女人，多好呢。」晶晶妹看著她身旁的準新郎說。

轉角遇見幸福

善意的謊言究竟是不是欺騙？這好像是一個可以辯證的題目。

不過，在愛情與婚姻中，即便每次都說實話，對於兩人的關係，也未必有幫助。大部份的女人，比較敏感，也愛追根究底，太過赤裸的全盤知道真相，又未必接受得了。

所以，兩人相處，我比較主張是不說謊。因為謊言一開始就是錯誤的。而且，如果任何謊話都可以用「善意」來解套，那很可能變成什麼都不必說真話。等到任一方發現時，會變成失去彼此的信任，更加深彼此的裂痕。

那究竟怎樣可以兩全呢？我覺得是在不說謊的原則下，有些事可以暫時不說，或即便要說，也要以保全愛意為基礎，告訴對方一個恰當的真話，畢竟，愛情或婚姻經營的課題，不單只是忠誠而已。

10
賭一把，緣起不滅！

他牽著她的手深情的說：「妳知道全世界最棒的蜜月地點是哪裡嗎？」

「哪裡？」

「是紐西蘭，那裡好美好美，重點是人口相當少，沒有污染，夜裡滿天的星星，星空下天地間只有我們倆人，我們是彼此的唯一！」

天啊！她心想怎麼這麼浪漫，好浪漫的男人喔！

他是她的高中學長，但在高中時彼此並沒有任何交集，他當然知道她，她從一進學校就是所有男生都在討論的學妹，高高的個子、清秀的臉蛋，是全校最風雲的校花！她的教室就在他們班級的樓下，他常常站在走廊往下看，注意著她的一舉一動；她跟同學們開心的打鬧；她正在水槽旁洗杯子；她被罰站在走廊上……除了默默地看著她的身影，他也常常聽聞著有關她的種種，例如在非常嚴格禁止男女交往、甚至連講話都不行的學校裡，隔壁班的某某某，竟然追到她了，甚至，她因此而被記過。

轉眼，他要畢業，在畢業典禮的當天，只有那天，學校默默的解開，男女不能交流的禁忌，畢業生，人人都瘋狂了，大家紛紛跑去找自己喜歡的女生或男生，拍照留念！她當然是搶手到不行，所有的男同學，都來排隊跟她拍照，當然，他也不例外，鼓起勇氣找她拍照！

　　「來！笑一個，咖嚓！」

　　六年，轉眼間過去。他再看到她，是在電視的框框裡，沒想到，居然是她！她是娛樂新聞主播，每天固定時間會出現！她每天換不同的造型，訪問不同的歌手！距離，看似相近，但好像又是那麼的遙遠！那年，他剛從美國念完碩士回來。

　　直到某天，她到他工作的百貨公司主持活動，在後台彩排的空檔，他走過去跟她打招呼。

　　他說：「嗨！學妹！妳知道嗎我是你的高中學長？」

　　「喔！學長好！」她有點糊裡糊塗的回。

　　學長、學妹，這一刻，才開始有了交集！

但，細心的他發現，她的臉色有些慘白，於是問：「妳是太累了嗎？」、「身體不舒服嗎？」，他馬上幫她安排了間單獨的休息室。

其實，那陣子她的身體、心理還有感情，都出了狀況。她有一個交往很多年的男朋友，兩人是從大學時代開始，一直到國外留學，都在一起的那種，這也是她最珍惜的部分，因為一直來她總覺得學生時代的感情是最單純的，是簡單而美好的！即便，她心裡清楚知道，她跟男友之間出了狀況，巨蟹座的她，很想結婚；但，男友並不想，應該說是不想跟她結婚！因為他覺得她是個公眾人物，令他壓力很大，經常喘不過氣來，兩人的生活距離，越來越遙遠。

但，她不願意面對。即便她其實已經失眠了半年，很難、很難入睡；經常睜著眼睛，一直到天亮。睡不著的感覺，糟透了，數羊、聽心經、擦精油、點蠟燭……什麼方法，她都嘗試過了，還是無法入眠。但其實她知道，真正的原因來自於她內心的壓力，對於感情期待不順遂的沮喪。另外，還有椎間盤突出的毛病，一直如影隨形的困擾著她，她經常因為工作需要，要硬撐穿著高跟鞋站在舞台上主持活動，只能工作一結束，就立刻脫下高跟鞋，或由助理扶著她一跛一跛地走，毛病一發

作，她甚至痛到連路都不能走，只能靠止痛藥，或是去醫院打消炎止痛針硬撐著。

但這段期間，他一直用工作的藉口約她出去，他們吃了幾次飯，但其實時間都很短，因為她很忙！每天都有固定的電視節目主持、廣播節目的錄音工作，還有滿滿北、中、南的活動行程要到處跑。

他常常傳簡訊關心她，偶爾也打電話給她，假裝問一些事情！有一天他打電話給她，電話中她哭得很傷心，他問她：「妳怎麼了？」她哭到不能說話！她說：「我跟男友分手了，我現在完全沒有辦法跟你說話！」他回：「好，沒關係！今天晚上，我會在樓下等妳下班。」

當晚，他真的在樓下等她，他帶她去吃宵夜，陪她聊天解悶。她心想：反正也睡不著！於是任由他帶著她去夜遊，兩人一路到天亮了，吃完早餐，他才送她回家。之後的每天，晚上他固定來等她下班，然後兩人再一起吃宵夜、或是聊聊天。她，沒想到，自此以後，她就再也沒有失眠了！

某晚，她跟他說想看電影，他笑了笑沒說什麼，車子一

路開、一路開，開上了高速公路，她問他：「你要帶我去哪裡呀？」他還是笑笑不語。後來，車子停在他們的高中校門口。「哇！你帶我來這裡！我好久、好久沒有回來了。」她興奮的大叫。周末的夜晚，校園裡空無一人，警衛也沒有阻擋他們進入校園。他牽著她的手，在操場上散步；他聽著她說著高中時候的趣事。高中住校的三年，在這裡，有好多好多美好的回憶。

她說，高一時，女生們最喜歡坐在小花園裡面，聊著八卦談心事！高二時，她是如何假裝生病，在眼睛裡面點了很多很多的生理食鹽水，然後跑到教官室佯稱自己眼睛好痛，搞得教官很緊張，以為她很嚴重，要趕快去看醫生！但其實，她只是為了請假出去，幫同學買小吃！正在得意，買了大包小包的大腸麵線、臭豆腐、水煎包、烤香腸……，沒想到，才回到校門口，就遇到剛才被她呼攏的教官。沒得解釋，就被抓回教官室前罰站。高三時，她和她最好的朋友小花，突發奇想故意不整理內務，想跟自己的運氣賭一把，就故意把原本應該疊成豆腐乾的被子，弄得很亂，然後兩個女生，手牽手的跑出寢室去參加週會。沒想到，好巧不巧，董事長夫人正好當天來參觀學校，特別指明要看一下女生的寢室，因為學校總對外宣揚說，我們學校的女學生非常的賢慧、內務又整齊。沒想到，才參觀第一間寢室，就看到兩張凌亂的床鋪！教官臉色大變，立刻廣

播她們，於是，她又被抓去罰站了，這次，還記了個小過！

　　走著走著，走到學校的那個樓梯口，她告訴他，在這裡，她收過好多好多男生傳的情書，以及小禮物、巧克力。這時，他問她：「那妳記得，我跟妳曾在這個樓梯口，拍過合照？」「真的嗎？」她連問三聲。然後，他就從口袋裡，掏出兩人的合照，那張相片裡的她跟他，兩張青澀的臉孔，他笑得靦腆！那個晚上，他吻了她，在他們初次見面的樓梯口。

　　這真是奇妙的緣分呢！

　　兩個禮拜後，接著要過年了，她把原本要跟男友出遊的假期，改成帶奶奶飛去夏威夷探望在當地念書的堂妹。而他因為工作，其實只有兩天的年假，但他卻大老遠的一路追到夏威夷，只為，他要送她的第一個情人節禮物！那晚，在夏威夷浪漫的海邊，就是那晚，他告訴了她，關於心目中最浪漫的蜜月旅行地點的那個想法。

　　超超超浪漫的！

　　回國後的某天，她接到了週刊記者的電話，記者告訴她，

他們被偷拍了！報導也很負面，穿鑿附會下，批評她喜新厭舊，極短的時間內換了新男友。報導出來後，她的內心非常的難過、也很沮喪，躲在家裡，不肯出門。他連番打電話給她，他說：「我在樓下等妳，妳趕快下來！」她既訝異、又不敢置信的說：「什麼？你怎麼現在騎摩托車來找我，如果我們又被拍到怎麼辦？」沒想到，他回：「就是要讓他們拍啊！我們兩個光明正大在一起有什麼好怕的！」幾句話，她竟然想通了，大笑說：「你實在是太可愛了！太好笑了！想想也對。」於是，她上了摩托車、抱緊他的腰，然後兩人吃路邊攤去。她笑得很開心，因為她覺得，學生時代的美好，又回來！

不久，她懷孕了！

「怎麼辦呢？」

未婚懷孕，在當時還有點保守的風氣下，勢必引起極大的討論、勢必會有很多批評的聲浪。

「怎麼辦呢？」

她好擔心、好焦慮……，「外界會怎麼想我呢？別人會怎

麼看我呢？未來會怎樣呢？好徬徨、好無助，他真的是對的人嗎？是他嗎？」

他跟她說：「嫁給我吧！」

可是，可是…這一切都來得太快了，短短的兩個月之間，竟然發生了這麼多的事。

其實，她一直都是個愛計劃的人，她的人生計劃，是跟相戀多年的男友結婚，結婚之後要先過一段你儂我儂的兩人世界，兩年之後，才會有第一個孩子……，但沒想到，順序被打亂了，怎麼這一切都不是我計劃中的計劃呢？計劃一旦亂了，人生到底會變怎樣呢？真的是他嗎？沒有按照計劃走，真的對嗎？兩個月，就要許下終生，會不會有好大的風險啊？夜深人靜時，她總是偷偷地、默默的，反覆掙扎著！

最後，她決定賭一把，她告訴自己：「不要怕！」。同時，他也告訴她說：「就算不是在妳的計劃內，但我們可以共同努力，創造出意想不到的美好啊。」

然後，他們決定結婚，一起共築家庭。

結婚喜帖上，除了印有他們的結婚照外，當然一定還要出現「那個樓梯口的奇妙合照」。因為最初，所以緣起不滅！

婚紗之後

結婚後的某天，她問他：「對了！你不是説過要帶我去紐西蘭嗎？去紐西蘭度蜜月啊，你還欠我一個蜜月旅行喔！」

儘管，那時她大肚子、不可能出國，但她總覺得還是要撒撒嬌。

「老婆，千萬不要去紐西蘭，那裡人口非常的少，除了可以看風景之外，非常的無聊，而且到了晚上，只有星星，我們就只能大眼瞪小眼了，無聊死了！」

「什麼？」她不敢相信自己的耳朵，以為自己聽錯。結婚前，他不是告訴她，「天地之間我們是彼此的唯一嗎？」究竟從什麼時候開始變成了「大眼瞪小眼」了？

她大笑：「哇塞！你也變太快了吧！難不成這就是婚姻？哇！怎麼跟我想像中不太一樣耶！」通常，老公變得這麼快，

老婆很難不生氣，但她卻覺得太好笑了，怎麼有這麼好笑的男人呢？翻臉比翻書還快，也太真實了吧！「沒錯！婚姻不只是跟想像中不太一樣，而且每一年、每一個階段，都會有很大的變化！」

懷老大的時候，她還是個被捧在手心裡的公主。印象最深的是她半夜起來想喝水，他會立刻從床上彈跳起來，動作迅速確實的衝去倒水給她喝，她心想：「哇！好感動喔！我真是嫁對男人了。」

懷老二的時候，彈跳起來倒水的次數，變少了！

懷老三的時候，妳就默默地自己起來倒水吧！

現在結婚十三年了，變成是她每天晚上，睡前都會倒一杯水，放在他的床頭邊。有的時候半夜起來，還會回頭看看他的水杯裡，還有沒有水？不夠的話，再幫他加水。

結婚十三年，她從公主變成阿信！但她是個快樂的阿信，因為她就是喜歡這種，一直不斷付出的感覺。但阿信，可不是黃臉婆！她，依舊美麗，她有自信、有自己的生活、有自己的

事業……。他們的婚姻，充滿了冒險精神和滿滿的能量，他們一起上山下海，一起運動、一起露營、一起潛水、一起滑雪。莫名其妙的開始玩鐵人三項的運動，甚至還一起出國參加比賽，每次在那個又髒又臭的海水裡游泳，她都在內心大聲的嘶吼：「這不是，我想像中的婚姻生活，這不是，我的人生計劃！」

尤其是當她跑完四十二公里的馬拉松，累得半死，衝進終點時，他站在終點線等她，看著手錶對著她說：「妳跑太慢了！」她竟然連罵他的力氣都沒有，只能翻白眼，然後在心裡大聲的怒吼：「這不是我想像中的老公！」

然後，他又莫名其妙拉著她去玩高空彈跳、高空跳傘。每次要跳下去的那一剎那，她還是在心裡大吼：「這不是我的人生計劃！」

因為，這些、全部，都是結婚前，她完完全全沒有想到過的！

除了這些，還有更多，也是她從來沒有想到的事！

以前那個嘴巴超甜的他，動不動就說：「老婆，我愛

你」、「老婆，你好美！」、「老婆，謝謝妳，讓我的人生好豐富！」十三年後，有一天，當她照著鏡子發現白頭髮長出來了，而且還不只一根（心驚）問：「老公，我問你哦，如果我以後老了滿頭白髮，變成白髮魔女，你還會覺得我美嗎？」毫無意外，他不是應該回：「老婆，一樣很美啊，不管什麼樣子我都愛妳！啾咪！」

但，他卻幽幽地、無關緊要、要回不回：「不就是趕快去染一染啊！」

原來，老公的嘴，跟歲月一樣的無情啊！

當她早已忘了「沒有去紐西蘭度蜜月」這件事時，沒想到，結婚十三年後，他卻默默地訂了去紐西蘭的機票，帶著一家五口一起去！她笑著問他原因：「是因為現在人多了？不用跟我大眼瞪小眼，所以你才要帶我去嗎？」他笑了笑，沒多說什麼。

紐西蘭的風景，真美！他們每天行程滿滿，他們泛舟、騎馬、爬山、坐直升機看冰河。最後一天，他們在基督城的植物園裡划船，別艘船上，大都是兩個人，安安靜靜的大眼瞪小

眼，含情脈脈的、浪漫的搖擺著雙槳。而他們的船呢！「媽媽，妳看姊姊啦，潑水潑到我了！」「媽媽，那有，是他先潑我的！」「媽媽，妳看啦！他一直動來動去的，船快要翻了！」吵完，聲音依舊沒停，因為這一秒鐘他們開始大聲、開心的唱著Let it go。

「吵死了！」她大叫，「不要再吵了！」

「不要再吵了！」這句話，大概是她婚姻中除了「老公，快點來吃飯！」外，最常說的一句話。想到這裡，她轉頭看著那些安靜無聲、非常浪漫的兩人世界，她心想：「這該有多麼的無聊啊？」。

轉角遇見幸福

　　婚姻中的夫妻，尤其是太太，貴在知恥、知足，我們要時時知道反省。

　　所以，也不能一直只寫她的好。關於她的缺點，多到講也講不完！其中最可怕的是在她溫柔的外表下，其實她的脾氣極為火爆。這點，他應該每次也在內心狂喊：「跟我想的不一樣，或是我被騙了！」她的口才好，所以吵架一定要吵贏，問題是每次吵架，幾乎都是她理虧，越是站不住腳，就越要拼氣勢！「來啊！誰怕誰！老娘跟你拼了！」只要道理說不過他，那就放狠話啊！「不然，我們離婚啊！離婚啊！離婚啊！」

　　他總安靜的看著她，沉默了好一會兒，眼眶泛紅的說：「妳很愛放狠話嗎？妳知道這樣很傷人嗎？我的心很痛，妳是真的想離婚嗎？如果不是，妳一定要這樣傷害愛妳的人嗎？」

　　「對不起，我……我沒有真的想離……」

　　然後她答應他說：「我們可以吵架，但是千萬不要放狠話！」所以，她深深切切的感受到，他的愛與包容；也深切的反省自己的魯莽與衝動，好幾次狠話衝到嘴邊，克制自己吞了回去，但，當然還是會有那種，不小心噴出來的時候。

　　「離婚！」這兩個字，真的不適合拿來當狠話，因為幼稚、無知到底了！切記，還是「我愛你」三字經，才是最狠、最強大的溫柔終極武器。

時尚感的包包頭

使用銀色 or 白色珠子

斜邊的白色亮片布(要有閃閃的感覺)

粉色緞帶搭配

蓬蓬裙
(顏色及雞粉紫,寶藍色)

Designer 安安♡

紫皇冠

暗頭紗

寶藍花

白色珠子

珠珠緞帶

斜邊裙子

Designer 安安♡

大女兒安安手畫的設計圖。她同時也按照著設計圖,為芭比娃娃親手縫製了這件禮服。而我只有在一開始配布料時,稍微告訴她一些方向,之後就完全沒有參與。當看到芭比娃娃身上穿的這件禮服時,我說:「這件禮服,它太美了!變成真人尺寸,一定會有很多新娘搶著穿。」

玩藝 0013

賈永婕的10個婚紗愛情故事

作　　　者—賈永婕
經紀公司—海納百川娛樂有限公司
攝　　　影—LOKI TSAI PRODUCTION
手稿提供—C.H Wedding
封面設計—Rika Su
內頁設計—李宜芝
責任編輯—周湘琦、胡志強
責任企劃—洪詩茵
董　事　長—趙政岷
總　經　理
總　編　輯—周湘琦
出　版　者—時報文化出版企業股份有限公司
　　　　　　10803台北市和平西路三段二四〇號七樓
　　　　　　發行專線一（〇二）二三〇六一六八四二
　　　　　　讀者服務專線一〇八〇〇一二三一一七〇五
　　　　　　（〇二）二三〇四一七一〇三
　　　　　　讀者服務傳真一（〇二）二三〇四一六八五八
　　　　　　郵撥一一九三四四七二四時報文化出版公司
　　　　　　信箱一台北郵政七九～九九信箱
時報悅讀網—http://www.readingtimes.com.tw
電子郵件信箱—ctliving@readingtimes.com.tw
第三編輯部
風格線臉書—http://www.facebook.com/bookstyle2014
法律顧問—理律法律事務所　陳長文律師、李念祖律師
印　　　刷—詠豐印刷有限公司
初版一刷—二〇一五年四月三日
定　　　價—新台幣320元

特別感謝　Ann Chen　SK-II　HICEE 愛喜活麗哲

⊙行政院新聞局局版北市業字第八〇號
版權所有　翻印必究
（缺頁或破損的書，請寄回更換）

國家圖書館出版品預行編目資料

賈永婕的10個婚紗愛情故事 / 賈永婕著. -- 初版. --
　臺北市 : 時報文化, 2015.04
　面；　公分

ISBN 978-957-13-6239-7(平裝)

857.85　　　　　　　　　　　　　　104004553

ISBN：978-957-13-6239-7
Printed in Taiwan